高学训　主编

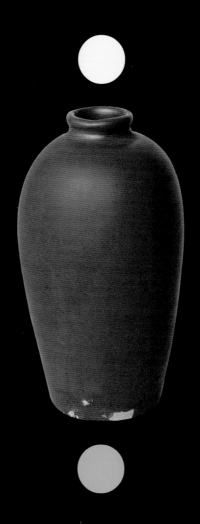

湖北美术出版社

南昌子楠楼藏瓷

出版说明

　　收藏古玩，就是收藏历史，就是收藏艺术，就是收藏文化。收藏的旨趣就在于鉴赏与研究，并从中获得他事不可取代的审美愉悦与快乐，此乃高雅之致。现在，随着社会的全面进步，爱好与收藏古玩的人越来越多。为着服务于同好的人们，我们以眼手之能及，将陆续编辑出版"古玩与收藏"丛书，首先出版陶瓷一类，然后视实际而旁及其他。我们将把民间、民窑放在主要位置，资料务必翔实，品位力求高雅，尽力以行家与艺术家兼具的眼光选择民间藏品与流传品，真正使丛书成为业余逛地摊与文物店同好的良师益友。同时为着使丛书越编越好，也请读者积极参与，自荐家藏，使一己之藏得与社会共欣赏，使祖国先民的辉煌创造发扬光大。

湖北美术出版社

目　录

高学训，1957年生于江西南丰。毕业于江西师大中文系，获文学学士学位。20岁就成为地区作家协会理事，已有百余万字各类作品发表。曾受聘为《中国大百科全书》《军事大百科全书》撰写条目。多年来，在工作之余，潜心钻研古瓷鉴赏研究，已在《中国文物报》《中国艺术报》《文物天地》《南方文物》《收藏》等报刊发麦各类古瓷研究鉴赏文章百余篇，并已有《美与力的旋律》《藏瓷物语》等著作出版。

古瓷真赝鉴别　　　高学训

一、洪州窑青瓷真赝鉴别

洪州窑遗址座落在南昌（洪州）南郊30公里的丰城市境内。纵横20余公里窑址连绵，延烧时间从东汉至晚唐五代历经800余载，这在中国古瓷窑址中是极为罕见的，目前，我国已在10多个省市发现洪州窑青瓷遗存，出土了许多洪州窑青瓷精美之器，亦足以证实当时洪州窑青瓷生产盛况空前。

洪州窑青瓷之美，虽不如宋汝、官、哥器的雍容富态，定瓷之精雕细刻，以及钧瓷的彩艳华丽，但她那纯朴古拙的造型，酥嫩可人、如玉似翠的釉色，以及那变幻莫测的冰裂纹，总是让你充满遐思，如痴如醉。洪州窑青瓷绝不只是褐色一种，其主色为青绿釉和黄褐釉两类，唐代陆羽《茶经》中所指的洪州茶具就是后一类褐釉瓷。洪州窑青瓷在装饰手法上有刻花、划花、印花、堆贴、雕塑和镂空等技法，纹饰以莲瓣、牡丹、蔷薇、柏枝、宝相花砚以及重圈、水波，月华纹常见，其中数量较多的是莲瓣纹。至于产品类型，更是纷繁多样。除壶、罐、钵、盘、碗、盏、杯、灯插等日用品外，还有一些是砚、洗、笔插、瓶、供台等文房用具、陈设品及祭品。然而，历代洪州窑青瓷中占据比重较大的，还是那些生活气息浓郁的随葬冥器，如仓、井、家禽、灶、壶、盏、盒，这类器物，形象地展现了自东汉中晚期以来地主庄园经济发展的景象和浓郁的民俗风情，其艺术性，创造性一直为同时期其他窑场所不及。

两晋时期，洪州窑产品中开始出现盘口壶，鸡首壶等器物，口沿及流、柄处施以褐彩；有的盏内有折腹出现，可能是烧造区不同的缘故。降至南朝，器形胎薄质细，釉质更显匀净。器形中出现博山炉、

作者近照

作者与景德镇陶瓷考古所刘新园先生在一起

温酒壶、制作精巧的座、杯分体，合二而一的转杯，杯与托粘结烧造成托杯、托炉、灯盏、五盅盘、格盘等亦成为这一时期的冥器，图案装饰除刻花、划花、印花外，亦采用了堆塑、镂孔等技艺，这一时期，洪州窑青瓷的装饰以各类莲瓣纹为主流，从这些装饰莲瓣纹器具那流畅的线条、晶莹的釉色和细小的冰裂开片中不仅反映出制瓷工匠对宗教信仰的虔诚之心，而且反映了洪州窑的生产技艺达到了较高水平。

有人认为，洪州窑釉色虽莹润，但釉极易脱落，即使是故宫博物院编著的《中国古陶瓷精品》一书所载洪州窑器物图谱，也大多以剥釉为憾。然笔者所见洪州窑青瓷精品中，釉色莹润，且丝毫不剥釉、完美至善的精美之器仍不在少数。尤其是贡品瓷，历经千年，并无剥釉之虞。据《唐书·韦坚传》关于洪州窑产品运抵长安的记载，说明洪州瓷在唐代确已达到"贡品瓷"的工艺水平。已出土的东汉青瓷鸡首壶和青瓷四系盖罐、西晋青瓷熏香炉和点彩钵、南朝青瓷博山炉和青瓷灶、隋唐青瓷兽足双盂砚和仿金银器青瓷杯等均属稀世珍品。

洪州窑大约到晚唐五代时最终被南面的吉州永和窑、北面的景德镇窑所取代。它在800多年的历史中取得了突出的辉煌成就，成为我国古代青瓷的一朵奇葩。

目前，随着高古瓷的收藏升温，藏家越来越看好六朝青瓷，也开始对以青黄温润釉汁取胜的洪州窑青瓷所喜爱。洪州窑青瓷精品，价格已不让越窑。如一件30厘米以上的八系青瓷罐，釉美完整之器，价位已达数万元，一品口径15厘米的青瓷多足砚，过去不过千余元，现在没有万元以上已拿不下，而那些有刻划纹饰的动物造型器，如羊型尊、鸡首壶之类，即便是6位数亦难见其影。由于受金钱利益的驱动，洪州窑仿品也日见增多，有的已达到乱真的程度。如何鉴别洪州窑青瓷真赝，笔者积多年收藏经验，认为不妨从以下几个方面去鉴别。

1.看表釉

洪州窑并非陆羽描绘的褐色一种。早期有较薄的青灰釉，亦有紧贴胎骨的油灰以及黄釉、青黄釉、浅红釉，其中应以青黄釉为主，分为两类，一类称"皮黄"，坚薄贴胎，多见于鸡首壶、渣斗等琢器，另一种俗称"厚玻璃质"，釉汁金黄莹澈，聚釉处有玻璃质感，并开有蝉翅般极美的细小纹片，常见于一些瓶罐等日用器皿。真正精美的洪州窑青瓷精品，以此种青黄色玻璃质地釉占主导。目前洪州窑青瓷仿品大多仿此种玻璃质釉，但色泽偏青绿，且开片不自然，纹理附胎紧，不似真品开片呈鱼鳞状由内往外拱起。赝品给人以贼光和呆板感，手感不温润，绝无真品那种莹汁内蕴的感觉。

2.看胎质

真品胎质有青灰、灰白、灰黄几类，底部一般为平切，只作粗略处理，过渡自然，且大多有弧形弦纹，胎质干燥。胎中肉眼可见颗粒状间隙。有的器物底足亦粘有颗粒状土渣。现代仿品由于采用高岭瓷土，胎质湿腻、坚致，给人以一种"硬"的感觉，用手掂之，比真品分量要沉。

3.看工艺

洪州窑器物真品，系古匠人手工制作，造型古拙、自然，尤瓶、壶的系、颈部、口沿等部位，处理干脆，随意而不失其整体结构之恰当比例，像羊型器、鸡首壶、博山炉等造型更是意趣天成，形态优美自然。而仿品用机械成型，显得线条僵硬，比例失调，全无古物自然朴拓感。

4.看色气

很多洪州窑真品，都具有一种"极新极旧"的古拙色气，有的甚至就像刚出窑炉一般，给人一种精光内蕴之感。而仿品无论如何也难以达到这种效果。要么火气贼光外露，要么釉光发木。但值得注意的是，目前有部分仿品采用洪州窑老胎加新釉，粗看颇能迷惑人，但只要细察釉之色气，仿品不类真品宝光内蕴，缺少那种从胎内发出的莹润色气，而是带有火爆气色，让人感觉极不舒服，即可断赝。

二、吉州窑瓷器真赝鉴别

1.吉州窑瓷器特征

宋代吉州窑装饰手法极为丰富，不仅有刻花、印花及釉下彩绘，还首创了以釉彩为装饰的方法，形成了自己的风格，在宋代民窑中独树一帜。

宋代吉州窑的刻划花工艺明显受耀州窑影响，刀法犀利奔放，多为直角拐刀深刻，线条粗放流畅，立体感强。而刻中有划更是北方窑口的传统，随刻花纹样的走势向外重复排列，使纹饰充实生动。与北方窑口不同的是吉州窑的划纹更为流动，强调动感，具有独特的个性。

如剪纸贴花，这种将剪纸艺术与制瓷工艺巧妙结合的新颖的装饰技法，在吉州窑瓷器中占有很大比重。吉州窑剪纸贴花的制作过程是在器物的坯上先施一层黑釉，然后将剪纸纹样贴在釉面，再在其上弹洒另一种褐釉，烧成后，类似窑变的色釉与黑褐色纹样形成深浅相映，动静相辅的装饰效果。图案取材于民间流行的剪纸纹样，以梅枝、凤鸟、吉祥语等图案为常见，纹样都装饰在碗盏内壁。木叶纹，从工艺上讲应该属于贴花的一种，但它不同于剪纸贴花和泥胎贴花，而是以天然树叶为标本，经过特殊的腐蚀处理后贴在成型的胎体上，然后通体施黑釉高温烧制。烧成后的树叶呈褐色，与黑色地釉形成两种不同的对比色，树叶的形状及茎脉在黑釉的衬托下清晰可见，此类纹样主要装饰在碗盏的内里，画面具有神秘莫测的艺术效果。

宋代吉州窑的黑釉瓷是最能代表吉州窑制瓷水平的类别。早期黑釉瓷色地单纯，釉色中略带酱褐色，后期釉色变幻无穷。黑釉瓷的胎料基本有两种，一为米黄色，这类胎质多施以纯黑色釉，装饰方法简单，少有纹饰。另一种为黑紫色炻胎，胎土中含铁量高，器物以黑釉碗居多，并注重釉的装饰，即在光亮润泽的黑釉上装饰各种结晶斑，或以彩绘，或以剪纸贴花的方式进行装饰，赋予单调的黑釉以丰富的内涵。宋代吉州窑瓷器釉的杰出贡献是以釉作为器物的装饰，并形成自己独特的装饰风格。

一般而言，釉本身就是瓷器的一种美观手段，但吉州窑瓷器的釉中多掺入了呈色不同的金属原料，使其在高温烧制过程中的物理化学反应，呈现出各种不同的鲜艳而美丽的釉色、釉斑和流釉纹。釉面颜色与斑纹交相辉映，别具风韵。有色如鳖裙的玳瑁釉，状如鸟羽的鹧鸪斑，纤细如丝的兔毫，还有玛瑙、虎皮釉。

宋代吉州窑的胎质较粗松，呈米黄、浅黄、灰白等色，胎内含有砂粒，有气孔。器物制作较粗，特别是一些黑釉盏，圈足的处理比较简单，底足似用模子压印后，再在圈足外壁用刀随意地刮削而成，故底部与足端处有高低不平的压印痕及刮削痕。但白地褐彩类制品胎则较精细，器物加工也比较仔细，且不用化妆土，直接用褐彩绘画后再施薄的透明釉高温烧成。

吉州窑瓷的施釉方法有浸釉、吹釉和洒釉三种。一般产品以浸釉为主，而且多数器物是施釉不满。吹釉主要用于黑釉瓷盏内壁的上釉，它是在浸釉之后的器物局部上再吹一部分釉。洒釉也是在浸釉的器物上，再洒上另一种釉，以求釉色变化的另一种效果，这种方法用于黑釉盏的外壁，洒釉之法会产生

一些特殊效果。

2.吉州窑瓷器真赝鉴别

宋代吉州窑瓷器以烧制器种多样，装饰手法丰富和变幻无穷的釉色及灵活多变的纹饰而素享盛誉。其淳朴的乡土风情，清新的艺术格调使许多收藏者为之倾倒，由此也带来了鉴定真伪的问题。

一般来讲，吉州窑瓷器的鉴定要从以下几方面入手：

1.造型 宋代吉州窑器物以盏、瓶、炉、罐、枕、盒等日用器皿居多。且多为小件器物，造型秀丽工致。鲜见器型高大，风格粗犷的器物。

2.胎 宋代吉州窑黑釉器物的胎表面粗黄，断面略带灰色，由此可知其胎土中的铁含量比景德镇湖田窑的产品要高一些，因此胎土不若景德镇窑的干、松、细、白。白釉黑彩器的胎质较为细白，玻化程度好，故不施化妆土。

3.釉 宋代吉州窑的釉色最为丰富，黑釉的含铁量比其它窑口含铁量低，而钛、钙、镁、钾的含量较高，故黑色深沉柔和，黑中泛褐的现象较为明显。琢器内多不施

釉，釉层较薄。器表近足处有小部分露胎，流釉现象不明显。而同时期建窑的黑釉器，釉色黑而玻化程度高，釉恠厚，垂流严重，口沿多为铁红色，兔毫长而清晰。黑色釉面上密布银色小圆点，谓为〝油滴〞，而吉州窑黑釉器上则无这种现象。白釉黑彩器釉层较薄，釉色白亮。

4.纹饰 宋代吉州窑的纹饰有妙趣天成之美感。彩绘喜用开光画法，布局繁满，笔画纤细，追求一丝不苟的工笔画韵味。黑釉器物上的纹饰多任意为之，不拘一格。黑釉白花器物的纹饰简洁明快，笔意畅达。

在具体的鉴定过程中，要本着比较、分析、鉴定的原则。先找出同类、或同釉及纹饰相同的器物的不同之处，进行比较鉴别，哪些是合理的，哪些是不合理的。然后进行综合分析，不同之处是否为吉州窑的特殊性或共性，如吉州窑剪纸贴花碗的内口沿有贴花纹饰即为特殊性，而碗类器物口沿下多有凸棱则为共性。最后为其断代定真伪。

月影梅纹是宋代吉州窑瓷器上表现较多的纹饰。真品的纹饰洒脱自然，纹饰颇具新意。而仿品月影梅纹碗，首先是碗的釉色有失真品的深沉；其次是梅纹画法僵硬，缺乏真品的自然伸展之势；真品的梅纹追求写意画样的洒脱，不刻意去描绘。其三是仿品胎质灰白，手感较轻，为胎土中含铁量较低所致。

宋代吉州窑黑釉木叶碗素享盛誉。真品木叶纹碗，叶脉清晰，用手触之与黑釉相融在一个平面上，没有丝毫痕迹。而仿品黑釉木叶碗，碗心木叶纹不仅不及真品细腻清晰，用手轻触没有兀然突起之感，显然是在黑色底釉上再置叶片烧制，缺乏真品神奇的艺术效果。

三、景德镇窑青白瓷器真赝鉴别

宋代景德镇盛烧青白瓷。当时著名的窑场有：湖田、胜梅亭、三宝垅、南山下、黄泥头、石虎湾、塘下、湘湖、盈田、进坑、柳家湾、南市街、宁村、枫湾、寺前、牛屎岭、汪村等。真是〝村村陶埏，处处窑火〞，盛况空前。

〝青白〞一词，系宋元时期的用

语，文献中有较多的记述，入清以后，人们将青白瓷改称"影青瓷"，如许之衡《饮流斋说瓷》一书说："素瓷甚薄，雕花纹而映出青色者谓之影青。""影青"一词，似乎更适合于这种胎薄釉润、白中显青的瓷器，所以很快就被人们广泛使用。此外，又有"隐青"、"映青"、"罩青"、"印青"之称。

真赝鉴别

景德镇窑烧制的青白瓷质量最佳，以胎质坚细白净，胎体细薄而有南定之誉，当时便风靡一时，而后世仿品甚多。与其他窑口的鉴定一样，景德镇窑器物的鉴定亦应从胎、釉、器型、纹饰入手。

1.胎 景德镇影青瓷的胎质洁白细腻，胎体细薄而坚实致密，瓷化程度好，叩之声音清脆。呈半透明状。真品胎骨细腻、洁净、坚硬，放大镜下现有水分感，湿润润的。胎透明度较强。伪品胎骨显粗松，干燥，放大镜下水分感少，显得嫩白，有坚硬不足的感觉。胎的透明度较弱。真品胎中的空隙在强光下不难发现，胎骨的紧密度不大。仿品在强光下胎的紧密度相对较大，胎中形成的空隙的地方不多，有的甚至没有。

2.釉 景德镇影青瓷的釉质白中带粉，呈色青白淡雅，釉面晶莹，温润如玉。施釉较定窑均匀，没有泪痕及竹丝刷痕。

真品釉色呈淡淡的天青色，光亮平滑，透明清晰，有一种肥厚、莹润较强的质感之美。假品釉色青中微微闪黄色，釉面粗糙，斜光下显皱纹感，干涩、浑浊。即是说透明度不大，特别是釉厚的地方。

3.器型 景德镇影青瓷以日用器皿为主，器物造型上的主要特征是口沿外撇，圈足很矮，有的仅留圈足痕迹。真器底露胎的地方有氧化铁的还原呈色。有深浅之分：浅的闪黄，深的黑褐色。它们都发自胎中，看上去有自然、陈旧、光润的感觉。

4.纹饰 北宋前期的影青瓷少有纹饰，以器型的规整和玉一般的釉色取胜。中期以后，以刻花为主，兼有印花、浅浮雕、镂空、堆塑等。所刻花纹一边深一边浅，施釉烧结后，刻纹浅处釉色发白，深处积釉则略呈青色，青、白相映，若明若暗，是景德镇影青瓷与其他影青瓷釉色的简易鉴别方法。

如有一影青刻花碗为宋景德镇影青瓷器物的典型之作，敞口，小足。胎薄质润，胎质洁白细腻，釉色青白淡雅，釉面莹润如玉。碗内刻有两朵盛开的荷花及荷叶，其刀法犀利流畅，花纹生动活泼，工艺十分精湛。另一影青刻花碗为民国时期仿品，从器型、胎釉及纹饰上看有以下明显差距：首先，真品的碗壁有一定的弧度，口沿以下渐收；而仿品则为笠式碗，为斜壁，过于生硬，不及真品柔和隽秀。其二，真品足内无釉露胎，胎色洁白；而仿品则足胎呈灰白色，并且有极为规则的螺旋纹，显然是机械制作而成。其三，真品釉面莹润如玉，釉色青白淡雅，白中泛青；而仿品则缺乏真品的晶莹，显得粗糙，且在青白之中闪现淡淡的蓝色。其四，真品的纹饰构图严谨，画意清新，线条流畅，具有较强的立体感。特别是刻浅处釉色发白，深处因积釉略呈青色，青白相映，别有韵味。而仿品全无真品熟练、流畅的特点，拘谨刻板，刀锋亦显迟钝，刻线也无深浅之分。故为一件并不高明的赝品。

四、龙泉窑瓷器真赝鉴别

龙泉窑以烧造青瓷闻名于世，其釉汁透明，釉色淡青中微带灰色。

北宋早期龙泉窑器物皆为淡青色釉，釉层透明，表面光亮，色泽青中泛黄，釉色有失纯正。胎壁薄而坚硬，质地细腻，呈淡淡的灰白色。但也有胎壁较粗厚，因瓷土淘洗不够精致而含有杂质的器物。

北宋中后期，龙泉窑早期的淡青釉瓷器已经停烧，这时改烧青黄釉瓷。瓷胎呈淡灰色或灰色，胎壁厚薄均匀，胎面光洁，比北宋早期要精致得多。表明瓷土洗练技术渐趋纯熟。但此时烧造技术仍然比较落后，釉层薄，因为还原气氛控制不好，致使釉色优劣不一。好者青中带黄，劣者呈黄绿色、淡黄和砖红色，釉中甚至还有鸡眼。开片较多，釉层常常有聚集成点状的现象，釉中含有较高的氧化钙，所以釉面光泽很强，缺乏柔和感。釉层透明，并且往往流釉。

南宋中晚期，龙泉窑烧制成功粉青釉和梅子青釉，使青瓷釉色之美达到了一个新的高峰。粉青釉釉层厚而透明，釉面光泽，外观柔和淡雅，犹如青玉。梅子青的釉层比粉青釉更厚，略带透明，釉面光泽，温润青翠，幽雅怡人，色调可与翡翠媲美。龙泉窑所以能烧造出这样的釉色，与釉的配方与呈色肌理有关。这一时期的瓷釉中掺加了紫金土和毛竹灰、谷壳灰。紫金土的掺入，使得釉中含铁量提高，釉色显得深沉凝重。粉青釉熔得不透，在釉层中存在着大量未熔石英和硅灰石晶体，气泡小而多。它们的存在使进人釉层的光线发生散射，因而釉色柔和，温润如玉。梅子青釉熔得比较透。未熔石英颗粒和气泡都很少。因而釉色光泽很强，釉层清澈透明。

龙泉窑有宋代民窑的巨擘之誉，盖因其质量甚佳。在具体的鉴定过程中要严格区分北宋和南宋前期的龙泉窑器物与全盛期(南宋中、晚期)器物。一般来讲，北宋龙泉窑器物"质颇粗厚"，釉色淡青；南宋前期龙泉窑器物胎体粗重，釉色转为青黄；南宋中、晚期的龙泉窑器物则薄胎厚釉，以青玉般的釉色取胜。在鉴定过程中还要与越窑青瓷、耀州窑青瓷及后代仿品加以区分。大致可以从以下几个方面入手：

1.胎质鉴定 龙泉窑的胎色发灰，胎质缜密，胎体细薄匀实。同时期的耀州窑青瓷的胎则是呈色较深，胎质不及龙泉窑缜密。同时期的越窑青瓷胎色较灰，胎体厚实，胎质较为坚硬。而民用仿品则胎体更为厚重。在实际鉴定中只要用手掂一掂，就可发现越窑、耀州窑和民用仿品的器物手感沉重。在具体的鉴定过程中，要区分龙泉窑各个时期胎的不同特点：北宋早期龙泉窑的胎较为厚重，淘练不纯，但质地坚硬。北宋中晚期龙泉窑瓷器的胎呈灰色或淡灰色，胎壁薄厚匀称，胎面光洁。南宋前期龙泉窑瓷器的胎壁较厚，胎体中氧化铝的含量较低。南宋后期龙泉窑瓷器的胎质坚硬细腻，玻化情况良好，胎色白中泛青。而同时期的龙泉黑胎青釉瓷器的胎比历代龙泉窑瓷器的胎都要薄，胎质细密坚实，多数呈灰黑色，少数呈黄色或砖红色，胎质松而轻。

2.釉色鉴定 龙泉窑青瓷的釉色极为丰富，皆浓翠莹润，恰似青梅色泽的梅子青；有粉润如玉，半透明的粉青，还有青中泛黄，釉面光泽较暗的豆青。其青釉釉面滋润而无浮光，釉汁极少有流淌，釉色精美，呈色稳定，釉面没有开片。而越窑青瓷釉色较暗，为艾青色；耀州窑的青瓷釉色青黄，缺少纯净滋润。龙泉窑的釉属于石灰碱釉，流动性差，有较强的玉质感，在放大镜下可见大量均匀密布的微小气泡。一般来讲，北宋早期龙泉窑瓷器的釉为淡青色，釉层透明，表面光亮。北宋中晚期龙泉窑瓷器的釉为青中带黄，釉层薄，并有较多的开片。南宋中晚期龙泉窑瓷器的釉色青翠，极少开片，没有流釉现象。

3．造型鉴定　龙泉窑的品种非常丰富，品种之全在宋代各大窑系中位居前列，除日常生活用瓷外，还烧制各种陈设瓷。无论何种器物器型，均古朴稳重，器底与圈足制作规整。特别是一些日常生活用瓷多有弦纹、出筋等。

4．纹饰鉴定　北宋时以刻划花为主，南宋前期尚有刻划花。北宋早期多莲瓣纹、变形云纹、水波形堆纹。北宋中晚期则以团花、莲瓣和缠枝牡丹纹为主。其布局严谨。南宋前期以刻花为主，划花次之，篦纹越来越少，云纹、水波纹、蕉

叶纹较为常见。南宋中晚期已无纹饰，以青玉般釉色取胜。

近年来，龙泉窑仿品时常在古玩市场上露面，给收藏者及爱好者带来很大的烦恼，故在鉴定时应以此四项为主，并佐以其他，最好能进行真赝对比。

如龙泉鬲式炉，是历代仿制较多的龙泉窑器物，在遇到此类器物时不妨进行对比考证，明了真品真在何处，仿品又假在何处。如一真品龙泉鬲式炉，该器高10厘米，口径13.7厘米，足距7厘米。器型仿古代青铜器，洗口，折沿，短颈，鼓腹，下承以三足。肩部有弦纹一道，腹下出三条竖棱至足下，三足内侧各有一出气孔。内外均施以粉青色釉，边缘部分有火石红。

另一清雍正仿品，高13厘米，口径15.6厘米，足距9厘米。洗口，折沿，短颈，鼓腹，下承以三足。肩部起弦纹一道。此器较宋器物略大，形制也不尽相同，如过高的三足，腹部到足没有竖棱。由于在仿制时追求龙泉釉本来效果的工艺及形制的规整，所以器型的线条不及宋器自然流畅。其胎、釉亦与宋器有明显的差别，首先，宋器足端露

胎处呈灰白色，而此件器物的露胎处则为紫红色。其二，真品的釉色青中闪黄，胎薄釉厚，有较强的玉质感。而仿品的釉色较为浅淡，青中闪白，与粉青釉极为相近，釉层亦较真品薄。真品釉流动性较差，在放大镜下可见大量均匀密布的微小气泡，而仿品则无这种现象。

再看另一现代仿龙泉窑碗，口径15厘米。碗外壁刻复线纹一周，内壁刻荷花纹。通体施以青釉.此器无论是釉面还是纹饰均距真品甚远，技法十分低劣。首先是釉色，虽然龙泉窑青窑的釉色十分丰富，但均有较强的玉质感，呈色稳定，即使是釉面光泽较暗的豆青，釉色也是滋润而无浮光。而此件仿品的釉色青中泛绿，釉质混浊，并有龙泉釉汁不具备的流淌现象。其次，纹饰亦较真品纹饰有极大差距。北宋龙泉窑器物的纹饰有两大特点，一是刻划花，刻花中填以篦划花纹；二是器物内外均有纹饰。而此件仿品虽然内外均有纹饰，但刻花之中不见篦划或篦点纹的辅助纹饰。纹饰过于简单，布局缺乏严谨，线条亦无节奏感。需要指出的是，在一些古玩市场上多有此类仿品出售，

收藏者不可不察。

五、磁州窑瓷器真赝鉴别

磁州窑虽然是宋代成就突出，富有浓厚民间特色的窑口之一，但窑场众多，产量巨大，且多为民间日常生活用瓷，在当时并不值钱，没有引起人们的重视，直到晚清并无仿冒之作。至民国初，大兴造假之风，磁州窑亦未能幸免。在鉴定时特要注意以下几个方面：

1.磁州窑瓷土质较差，故成品的胎色发灰，或者灰黄、灰褐，更有甚者为赭灰色。由于胎泥淘炼不精，烧制时的火候不够，瓷化度不高。虽为瓷胎，但叩之缺乏清脆之音。

2.磁州窑器物的手感不重，给人一些"发飘"的感觉，而民用及近代的仿品则给人以坚硬偏厚重的感觉。

3.为弥补胎体的不足，磁州窑广泛使用化妆土，使胎面显得洁白光滑，与胎骨有明显的反差。

4.磁州窑以白釉器居多，这种白是化妆土的白，所以釉面比较匀净，虽白如牛乳，而略有粉质；表

面有釉，又较滋润。另有一种白釉有较强的玻璃质感，釉色奶白而略带土黄，并有细碎的本色开片。仿品的釉面往往有明亮的火光，给人以浅薄发剌的印象，釉面缺乏滋润之感。

5.磁州窑的纹饰具有明显的民间色彩，虽寥寥数笔却颇为传神。无论是彩绘、刻划，还是人物、动物、植物，均表现出活泼的格调和浓厚的乡土风情。而仿品虽刻意模仿，但笔力滞涩，终不免矫揉造作。

如有一白地黑花枕为现代仿品，长28.5厘米，宽21厘米。枕亦呈八方形，枕面以黑彩绘一宽一窄两道边框，中心绘草蝶纹，枕侧绘卷枝纹。无论是器型还是枕侧的卷枝纹均脱胎于真品，但仿制的痕迹明显。首先真品的卷枝纹笔法豪放，枝叶自由舒展，在不经意中追求婀娜多姿的神韵。而仿品则刻意模仿，有形无神，线条过于纤细，缺乏真品的浓墨淋漓的韵味。特别是卷草纹之间的点划线条距真品甚远，真品随意点划，舒展流畅。仿品则因制造者功力不够，心有余而力不足，下笔点划之中犹豫不定。结果点划生硬，犹如中国传统线描

中的钉头鼠尾。其次，真品的纹饰以二方连续图案为基本骨架，但采用了大面积留白的画法，使纹饰的自由穿插有较大空间。而仿品则纹饰繁密，虽为二方连续，但穿插的过程中有拘谨之感。

六、定窑瓷器真赝鉴别

定窑在五大名窑中成名最早，在当时就有仿品，后世仿品更多。在鉴定定窑器物时，可从以下几个方面入手：

1.定窑以白瓷著称，其胎色洁白细腻。由于胎泥淘洗十分精细，烧成后瓷化程度高，瓷质较硬，叩之有清越之声如金属，并有震颤般深长回音。此点为当时北方各窑所不及。

2.早期定窑白釉瓷器微现青色，颇有些景德镇影青的味道。而后来的白釉则白润恬静，白中微微闪黄，恰似牛乳一样纯净滋润，釉层较薄而透明，胎骨上的斑点、缝隙及修坯痕迹清晰可见。

3.标准的定窑器物的表面均有横向的细细的平行丝状纹。这是上釉之前用竹丝捆成的小竹刷清扫胎

体时留下的痕迹。

4.定窑的釉汁粘滞，造成器物的釉层厚薄不匀，釉层中有一道道自上而下的流淌痕迹，外观如泪痕，以手抚之却无感觉。其色一般较底釉色深，微微泛一点浅黄色。后世仿品釉面平滑，不见泪痕。

5.定窑器物品种繁多，制作精细，其胎体较为匀称，绝少有不规整的变形器物。

6.定窑盘、碗一类器物口边多无釉，为弥补不足，往往在口部镶以金、银、铜边，以铜口为多。真品的铜口是铜和锡的合金，故无绿锈而显得干净。

7.定窑的纹饰早期为刻花，中期刻印并行，晚期以印为主。其刻花刚劲有力，简洁豪放。先用刻刀刻出纹样的外部轮廓线，再于轮廓线的一侧划一条相应的细线，在另一侧略作减地处理，形成一侧双线，一侧斜削的立体效果。

8.定窑器物多有篦划，为梳篦状工具划出的密排的平行线，旋转流利，优美自如，与芒口、泪痕一起构成定窑瓷器的三大特征。

9.定窑的印花工整严谨、秀丽精巧，以繁密的布局，重叠之中层

次分明，凸于器表的纤细的线条和清晰的花纹而著称于世。

10.定窑器物的款识多刻在器足或器身。目前见到最多的是"官"或"新官"字样的瓷器。另有"尚食局"、"五王府"及窑主姓字的"褚"、"杨"、"刘"等字。

如有一刻花莲花纹玉壶春瓶，为现代仿品，高18厘米、口径4厘米、底径5厘米。首先，从器型上看，此器为撇口，细长颈，鼓腹，圈足，与上述真品的差别不大，由此可见仿者的成型技术较高。但并非无懈可击。定窑玉壶春瓶的最大特点是形体优美，集中体现在颈部细长及腹部下垂上。而此件器物的颈部较短，腹部的下垂感亦不明显。其次，此器物的最大差距在纹饰上。一般来讲，定窑器物的器内纹饰主要有满饰、六等份饰及同心圆饰几种，而外部纹饰则以满饰居多，但这种满饰并非器身遍布纹饰，而是如上述真品那样的布局方式。此件器物则以数道弦纹将纹饰分为三组。虽然并不能据此断定为仿品，但主题纹饰的莲纹却与定窑莲纹的特征不符，刻法亦不合规范。定窑莲纹的特征是花与枝之间

夹有卷曲的叶片，而此纹饰仅有花枝，不见叶片。我们知道，定窑的刻花刚劲有力，简洁豪放。一般是先用刻刀刻出纹样的外部轮廓线，再于轮廓线的一侧划一条相应的细线，在一侧作减地处理，形成一侧双线，一侧单线的立体效果。叶片和茎的一侧均有细线相衬，而另一侧用斜刀刻制，形成一侧双线、一侧斜削的独特风格。反观此件仿品的纹饰，虽然刻满了繁复的蕉叶、莲纹等，但均为单线刻制，缺乏真品粗与细、疏与密的对比。其三，定窑器物的釉色极为莹润透明，白中微微闪黄，色如牛乳或牙白，而此仿品则黄色较多，少了一些纯净。其四，此件仿品亦不具备标准定窑器物的泪痕及竹刷痕。故为仿品无疑。

七、耀州窑瓷器真赝鉴别

宋代耀州窑瓷器在民国以前绝少仿品，20世纪30年代起，始有仿品出现。近年则刻意仿古的制品日隆，不少仿品在市场上流通，甚至已登堂入室，为某些博物馆所"珍藏"。在鉴定耀州窑瓷器时，要注意以下几点：

耀州窑瓷器的胎呈灰褐色或灰白色，由于胎泥淘练不是很精细，虽然胎质较密，但瓷化程度不高，不坚硬，胎骨较薄。在器底胎釉交接处呈现黄褐色或漏釉处呈现酱色小斑块。仿品则胎骨稍厚，含铁量低，胎呈灰白色，较真品色泽浅，更无漏釉的酱色小斑块。这是鉴定中的重要依据之一。

耀州窑的釉色呈多样化，最佳的是青釉，青中微黄色。其他釉色有青绿、油绿、黄绿等色。青釉光润肥厚，清澈纯净。其胎釉结合较好，釉面往往有细小的开片及细小的桔皮纹。由于釉汁较为粘稠，绝无流釉现象发生。在某些器物上甚至会有上部釉层比下部釉层还厚的现象。

虽然耀州窑器物釉色多变，有的稍绿，有的稍黄，但不论釉色深浅都含有黄的成分，否则便不是耀州窑的器物，或是后仿的器物。年代越晚，闪黄的程度就越大，这是鉴定耀州窑及制作年代的重要依据之一。

耀州窑的器物多为民间日常用品，造型较为丰富，制作水平较高。

其胎体均匀，器壁比较厚实，但与同时期的北方诸民窑相比要薄。圈足轮削比较仔细，连足际无釉处都认真修削，足墙比较细薄。而仿品圈足较为圆滑，与切削平齐规整的真品圈足，有着明显的区别。

耀州窑瓷器的最大特点是纹饰极为讲究，有印花、刻花、剔花及划花。花纹有莲花、缠枝花、波浪纹、鱼鸟纹及人物纹饰。刻花其刀法熟练，刀锋圆活，犀利有力，主次分明。在鉴定时要注意主题纹饰与辅助纹饰的刀法变化。凡真品的主题纹饰刀锋较深，辅助纹饰则刀锋较浅，均有一定倾斜度，层次清楚，立体感强，具有浅浮雕的艺术效果。印花纹饰层次复杂，线条繁密，构图严谨，密而不乱。

如一真品青釉刻花碟为宋代耀州窑的典型器物，器高4厘米，口径18.8厘米。敞口、弧形浅腹，圈足。碟内近底处刻一周弦纹，底满刻荷花纹，其刻线流利，纹饰清晰。通体施青釉，釉色透亮，青中泛绿。露胎处呈灰白色。

而另一件近代仿品青釉刻花卷草纹葵口碗，首先是釉色不对，宋代耀州窑以烧造青瓷为主，其次是酱釉、黑釉与白釉。虽然青釉的色泽多有变化，但基本上是闪绿或闪黄，而此件器物则不是闪黄，而是黄中闪青，黄的成分过大。并且缺乏真品的清澈纯净，有混浊之感。其二，由于真品的胎釉结合较好，故器表有细小的桔皮纹，而仿品的开片有过大之嫌，缺少真品的匀静之感。其三，真品胎呈灰褐色，这是胎泥淘洗不净所致，胎骨亦较薄。而此件器物的胎则呈灰白色，较真品色泽要浅。仿品中的胎土中含铁量较低，为追求真品的手头，故胎骨稍厚。其四，耀州窑的刻花技法高超，刀锋犀利，流畅活泼，并且刻划并用，使纹饰具有层次感。而仿品纹饰过于粗疏，只见纹饰线条而不见刀法，且层次不清，缺乏真品浅浮雕般的艺术效果。总之，由于耀州窑发现时间较早，很多珍品已经流传到国外，成为博物馆中的珍品。目前市场上尚能见到的多为碟、盏和碗之类的生活用瓷，价格比较高。由于当地在仿造工艺上认真细致的研究，目前耀州瓷器的赝品非常泛滥，不得不让人提防。简单地可以从以下几点加以鉴定：

1.胎骨 一般唐和五代时期胎

质稍松，呈灰色，釉质失透，是乳浊釉；而到宋代胎体较坚薄，胎色灰褐或灰紫，釉质莹润透明，釉色青绿如橄榄，釉薄处呈姜黄色，有明显的鱼子纹气泡，底为两刀修足；到了金、元时期胎质稍粗，手感较重，胎色呈浅灰或灰色，釉面多数姜黄，青色者少。釉质稀薄而不润。目前的仿品多仿宋代模印盏、盘和碗，但胎骨灰白，与真品有差距。甚至有些仿品底足涂灰褐色化妆水，但细看仍然可以看出其破绽。

2.装饰手法　在装饰手法上以刻花和印花为主，刻花尤为精美，刀法犀利流畅，刚劲有力，立体感较强。其装饰艺术上，纹饰丰富多彩。纹样有动物、人物、花卉和图案等。纹样中的动物有龙、凤、狮、犀牛、马、羊、狗、鹤、鹅、鸭、鱼、鸳鸯等。人物有婴戏、佛像、力士等。花卉有莲花、牡丹、菊花、梅花、水草等。图案纹有八卦纹、三角纹、回纹等。在纹饰上，五代以前古朴大方；宋时丰富多样，且技艺精湛，出类拔萃；金元时日趋简单。而仿品是从真品倒模下来，层次和图案都不够清楚，明显感觉浅

薄无漂浮感。

3.釉　北宋真品釉质非常莹润透明，放大镜下有密集的气泡（行内俗称"鱼子纹气泡"）。而仿品釉薄而且不润，气泡稀疏甚至没有。

2005 年 7 月
于南昌子楠楼

图
版

汉 绿釉三足弦纹炉　高 23cm　口径 21cm

　　筒形，仿青铜器尊。炉身饰数道弦纹，炉底以三兽足支撑。通体内外施绿釉，历经数千年，已出现"返银"状，侧光视之，熠熠生辉。器物整体比例恰当，流线优美，沉稳规整。

汉 青瓷绿釉耳杯　长 13cm　高 4cm

　　耳杯型，内外施绿釉，呈"返银"状，色泽美丽。为汉代酒杯。

汉 青釉四耳罐 高29cm 口径14cm

撇口，直颈，鼓圆腹，施青釉，青中带黄，釉不及底。底部有护胎釉。腹体印布纹，纹饰粗糙朴拙。肩部两边各塑一对耳提。此罐硕大，造型优美，装饰简洁而有韵味，是典型的汉代青瓷。

东汉 青釉蛙形水注 高5cm

扁圆蛙形，圆管形口，堆贴蛙形及四足。胎白，釉呈青绿色。造型生动。胎釉结合紧密，釉面光润。

东汉　青瓷12生肖雕塑瓶　　高39cm

　　蒜瓶口。通体施青黄釉。瓶身塑有龙、虎、人俑及12生肖等物，造型栩栩如生，极富装饰性。

南昌子楠楼藏瓷

西晋 青瓷褐彩羊形器 长22cm 高17cm

　　造型为一立式犄角公羊。羊体颀长、圆润，有三道双圈弧线纹，羊两颊饱满，长须下垂，神态安详，抿口敛神，两耳竖起贴于脑侧，两眼炯炯有神，双犄卷曲，羊体上身有一圆形孔口，内空，羊体全器施青黄釉，犄角、眼、尾等处均施褐彩。全器造型比例准确，线条优美，尤头部刻划极为细腻生动，一副温驯可人的神态，富有吉祥瑞气。观此青瓷羊型器整体造型，当为实用器皿。这一作品反映了远古先民极为精湛的制瓷工艺水平。

西晋 黄釉瓷茶叶碾 高6cm 长31cm 宽7cm

　　体似船形。平折沿，碾槽两端窄浅，中间深宽，中腰部为凹槽。平底。胎质坚致，内外施青黄釉及底，釉色莹润，碾外部四面均刻有瓶、宝相花等精美图案。碾槽内有茶沫碾磨痕迹。这件用于研磨茶沫的瓷碾是我国茶碾器械中使用瓷器的最早一例，亦为我国古代先民造茶历史提供了实物见证。

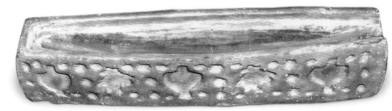

晋 青瓷兽足鼎式炉 高10cm 口径12cm

　　通体施青黄釉，釉色莹润。青瓷鼎式炉仿青铜礼器鼎的形状烧制而成。炉体上部为圆形，有数道弦纹装饰，三足鼎立，外撇，足上部贴塑三兽头，造型古朴稳重，为典型仿青铜礼器鼎之形状，此器形是早期青瓷香炉中仅见作品，珍罕。

晋 青釉狮型辟邪 高14cm 长21cm

胎质灰白坚致，施青釉。器物塑成狮头兽，器身刻划和模印斜线纹、圆圈纹，上塑一直筒形注口。整体造型生动，工艺细腻，流线优美。

晋 越窑 青瓷褐彩鲤鱼镇纸 长12cm 高3cm

造型为一多脊鲤鱼。器身施青黄釉，平底，底部露胎，瓷质坚致。鱼身刻绘鳞片醒目，鱼首、脊翅、尾等施以大片褐彩，鱼双珠凸露，鱼尾呈摆动状，整器造型流线优美，细腻生动，显虎虎生气，呼之欲出。观此器以其造型、纹饰及点彩等特征，应为西晋越窑青瓷实用具，系文人作镇纸器物。古代以瓷、玉为材质作镇纸常见，但以鱼为造型的西晋青瓷镇纸，尚属首见，弥足珍贵。

晋 青瓷渣斗高 22cm 口径 12cm

　　内外施青黄釉。釉质莹润，器物线条优美、造型规整。当为实用器皿。

晋 青瓷短尾鸡首壶
高 8.5cm
口径 4.7cm
底径 4.5cm

　　盘口，溜肩，鼓腹，平底。颈部饰数周弦纹，肩部印网络纹，正面塑鸡首，鸡首短小无颈，实心，仅作装饰。背面贴短三角形鸡尾，两侧置对称条形双耳。通体施青釉，釉面厚薄不匀，有聚釉现象，釉聚处色泽较深，底部露胎。造型新颖别致，为西晋典型器物。

晋 洪州窑 青瓷虎子 长 12cm

施青黄釉，釉薄胎坚。虎子手柄为麻花纽节状，自然美观。为洪州窑青瓷佳作。

晋 洪州窑 青瓷勺碗 口径 8cm

通体施黄釉，釉质莹润。呈线状肉红色，无剥釉现象。器物饰以一小树叶形柄，天然成趣。

晋 洪州窑 鱼篓形渣斗 高 13cm 口径 9cm

其造型似鱼篓，侈口，内刻有两道弦纹，颈部下收，底以下呈伞型张开，浅底足，全器内外施青黄釉，釉面紧贴胎体，无丝毫剥脱，虽历经千余年，仍光可鉴人，尤青黄釉中隐见条条绿釉，层次感极强，令人赏心悦目。

晋 褐彩青瓷小塑鸡 高4cm 长6cm

　　全器施黄釉，釉质莹润剔透。小鸡作卧状，神态安祥，双目极有神。鸡啄、冠、睛、翅、尾以渴彩点染，更衬托出高雅之态。整个器物造型别致，流线优美，刻划细腻生动，虽经千余年岁月沧桑，仍栩栩如生，极具灵动感，亦充满吉祥之气。

晋 越窑 青瓷蟾蜍笔架
高9cm 长14cm

　　釉色青褐。胎质坚致。笔架由一蟾蜍驼负。蟾双眼鼓凸，嘴张开，四肢作跳跃状，肌腱有力，栩栩如生。造型生动别致，独具一格，是集观赏与实用为一体的一件难得的文房用具。

晋 青瓷烛台 高10cm 底座8cm

　　通体施青黄釉。烛台以男性生殖器为造型，反映了晋人对性的崇拜。

晋 青瓷耳杯 高 3cm 底径 12cm

造型以一耳杯置于盘中。通体施青黄釉，釉汁莹润，光可鉴人，温润如玉。此杯应为古代医疗消毒器皿。

东晋 青釉宝珠顶圆筒式谷仓 高 21cm 底径 9cm

谷仓为宝珠顶，顶端为宝珠纽，仓顶为半弧行，仓身为上宽下窄的圆筒形，设有仓门，仓门上下有两条挂纽，圈足。通体施青绿釉，釉色莹润，底无釉。该仓造型独特，系较早的陪葬用明器。

东晋 青瓷广口六系罐
高 28cm 口径 22cm

　　广口，短颈，溜肩，丰圆腹，渐下收口，平底。肩部塑六桥系。施青黄釉，釉色莹润。器型硕大，造型端庄沉稳，为东晋青瓷佳作。

东晋 青瓷六系盘口壶 高 22cm 口径 16cm

　　盘口下收，肩部设六系，施青黄釉，釉质莹润，器型规整，完美无缺。

东晋 德清窑 黑釉四系壶 高 24cm 口径 11cm 底径 11cm

　　通体施均匀的黑釉，釉面莹润，色黑如漆。盘口，肩部有对称的四个桥形系。器腹饱满，线条流畅优美。

东晋 洪州窑 青瓷褐彩鸡首壶 高 14cm 口径 7cm 底径 7.5cm

　　壶为盘口，细颈、丰肩、鼓腹，平底，肩部塑一管状鸡首，与之相对面塑一扁平微翘的鸡尾作把。两侧饰桥型横耳一对。器物通体施釉，不及底，釉为青黄色，色泽柔和，开细片。壶的口沿、鸡首、尾、横耳均有规则褐色点彩，斑彩晕散，自然而有层次感。尤鸡首的眼珠、鸡冠及嘴流点彩，传神悦目，使整个器物栩栩如生，极富动感，令人爱不释手。此鸡首壶为东晋早期洪州窑佳作。

东晋 洪州窑 青釉瓶 高 14cm 口径 6.5cm 底径 7cm

　　侈口，长颈，圆腹。造型优美、线条流畅，给人以亭亭玉立之感。通体内外施青黄釉，釉呈网格玻璃状，极为莹润，娇嫩欲滴，釉中渗出点点青色纹片，宝光内蕴，给人以"极新极旧"之感。洪州窑青瓷中釉质如此精美器物，甚为稀见。

东晋 青瓷龙柄鸡首壶
高 18cm 口径 12cm 底径 14cm

　　大盘口，口外侈，口沿处有一道塑纹，短颈，平底，丰腹，肩部饰一鸡首作流，鸡首上塑鸡冠、鸡嘴、冠刻划细腻、生动逼真。鸡嘴为圆孔状，尾部做成一圆龙头形执把，从肩部卷至口沿处。两侧置桥系。胎质坚致，通体施青黄釉。釉莹润，闪玻璃质，造型大方匀称，是典型的晋代器皿。

东晋 青瓷大肚鸡首壶 高25cm 口径10.5cm 底径17cm 肚围68cm

　　盘口，短颈，溜肩，平底。肩部刻一道弦纹，正面塑上昂鸡首，高冠引颈，啄作流口通入器内，圆鼓形大腹，一侧饰圆弧形执柄，两侧置对称桥系。通体施青黄釉，与胎结合紧密，无丝毫脱釉现象。盘口沿、鸡嘴、眼及桥系均以褐彩装饰。此鸡首壶肚围硕大，犹一抱卵母鸡，憨态可掬，实为少见之珍。

南朝 青瓷鸡首壶

高 33cm

口径 12cm

底径 14cm

　　此壶为南朝青瓷鸡首壶典型器。所塑鸡冠高耸，有灵动感。

南朝　洪州窑　青瓷碗、盘一组（三件）

南朝 青釉莲瓣纹盘口壶 高 35cm 口径 14cm 底径 14cm

　　洗口，长颈，丰肩，腹向下收敛至底足，平底。口沿外撇，肩置四桥形系。颈部至肩身凸有四道旋纹，周身刻莲瓣纹饰。纹饰精美，富有佛教艺术的装饰特点。通体施青釉，釉色透亮莹润，聚釉处呈美丽的青黄玻璃质。壶胎质灰白坚硬，造型雍荣华贵，做工精致，器形厚重，是南朝青瓷中难得一见的珍稀器物。

南朝 洪州窑 青瓷带把盏 口径12cm

　　此器造型别致，把柄呈三角形，以弦纹装饰，简洁实用，釉色润泽，器形规整。为南朝实用器皿。

南朝齐 青釉莲瓣纹带托碗
高14cm
底径16cm
口径8cm

　　全器由青瓷碗和莲瓣纹托盘组成。碗平口实足，托盘敞口，实足，内饰莲瓣纹。盘心正中突出高1cm的圆圈，用以承托杯碗。

南朝 青釉带盖唾壶 高15cm 口径9cm

　　盘口，束颈，腹扁圆，平底，口上附盖。器表施青黄釉，釉面光亮，造型素雅古朴。

南朝 青瓷盘口渣斗
高 20cm
口径 14cm

通体施青黄釉，釉汁莹润光亮，聚釉处呈玻璃质，开美丽的金黄色纹片。盘口直颈，器身为扁圆形，饼足。造型俊美，线条流畅，应为现代景德镇"三羊开泰"瓶前身。

南朝 青釉莲瓣带盖罐
高 14cm
口径 10cm

罐呈圆球形，盖为莲瓣造型，罐身亦为莲瓣纹饰，肩部以二道弦纹，塑四桥系。施黄釉，全器造型饱满，纹饰精美，应为实用器皿。

南朝 青瓷带盖渣斗
高 14cm
口径 12cm

　　施青黄釉，盖纽，器身凸印有宝相花纹饰。在南朝青瓷渣斗同类产品中，为精美雅致之作。

南朝 洪州窑 青瓷带托盘香炉
高 12cm
口径 10cm
底盘径 18cm

　　通身内外施青黄釉，底足无釉，有数道刮痕。三足香炉与托盘连为一体，炉身凸印贝叶纹饰，在同类产品中属精美之作。

南朝 青瓷六管插 高 10cm

　　施青黄釉。主体为一直筒天球瓶状，筒口周围竖置镂空笔插。造型优美别致。当为文具或插花器。

南朝 洪州窑 青瓷灶 长14cm

通体施黄釉。灶前除人俑
外，有一小狗卧于灶口，憨态
可掬，为难得一见之作品。

南朝 洪州窑 青瓷灶 长16cm

通体施青黄釉，釉汁莹润。器物完美无缺。灶台设有锅、笼、挡火墙、熄火坛
等物，灶前立一俑。青瓷灶锅有盖，较少见。为南朝青瓷灶佳作。

南朝 青瓷灶 灶长19cm

施青黄釉。此灶造型犹如一舰体，是同类作品中较长的一件。

南朝 洪州窑 青瓷灶 高11cm 长13cm 宽10cm

灶为船形。灶上置有罐、甑、锅、勺。灶上前端置梯形挡火墙，墙的下方一弧形灶口，灶内置放一把抉柴用的火钳。灶口左边立一梳发髻的加柴妇女；右边放一瓮；灶旁立一梳发髻的妇女作烹饪状。施青釉，釉呈炒米黄色，釉面开冰裂碎片，玻璃质感强。此灶历经千余年，无论釉色、造型均保存极为完美，在区区不足半尺之间，塑有近10种物件，繁而不乱，精致生动，富有浓厚的乡土民俗生活气息，令人赞叹不已。

南朝 洪州窑 青瓷灶 长14cm

通体施青黄釉，为冥器。

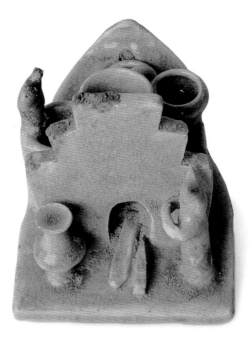

南朝 洪州窑 青瓷黄釉人头俑
高14cm

　　男性人俑头部，通体施青黄釉，胎灰白。人俑头戴巾帽，面部表情自然，比例恰当，双眼有神，栩栩如生。人物五官尤其是眉眼间隔较舒展，宽鼻，小嘴，两耳圆润，应系南方人形象。为南北朝人物造型提供了珍贵参照物。

南朝 洪州窑 青瓷博山炉

高 17.5cm

底径 13cm

　　浅盘，平底。盘中央置一喇叭形底座，底座上塑一朵盛开的重瓣莲，花蕊中央立一展翅欲飞的仙鹤。莲花的一侧开一半圆形孔。施青釉，釉呈黄绿色，釉面玻璃质感强。开冰裂碎片。器型挺拔秀美，宛若琼海仙境。

南朝 青瓷博山炉 高 23cm

　　施青黄釉，有 20 余片
莲瓣组成，上有一飞鸟，为
六朝博山炉常见造型。

南朝 青瓷博山炉 高 19cm 托底盘 14cm

南朝 洪州窑 青瓷碗 口径 16cm

　　施黄釉，釉色莹润。器内刻饰莲花。

南朝 洪州窑 青瓷莲花盏 口径 10cm

南朝 洪州窑 青瓷灯盏 2 件

左图灯盏造型为盘托双耳杯，口径12cm，右图为竖形烛台，高6cm，均施青黄釉。

南朝齐 洪州窑 青瓷五盅盘 高 4cm 口径 18cm

盘圆形，子口，盘内置 5 小盅，施青黄釉。

南朝 青瓷三管插件 高 14cm

通体施青黄釉，器物由三孔组成，应为实用器。历经千余年，器物完美如新，并无丝毫剥釉现象，实属罕见。

南朝 青瓷托炉 高14cm 口径9cm

　　流行于南朝的一种炉式。炉口外敞，直座，平底，蹄形三足，立于敞口直壁平底浅盘中。这种炉式是托盘熏炉向三足炉过渡的一种形式。这类青瓷炉是六朝一种专供祭祀的供器，反映了当时社会对宗教的虔诚之心。

南朝 洪州窑 青瓷盘托三足炉
高9cm 口径9cm 底径12cm

　　炉为平口，凸唇，筒形腹，设三马蹄形短足，置于敞口微撇浅盘之中，使三足炉与浅盘相配合，形成整体造型。炉施青釉，釉呈黄绿色，釉汁莹润，有玻璃质感。器素面无纹，然开冰裂碎片，显得古朴大方。

南朝 洪州窑 青瓷莲瓣纹盘
高 3cm 口径 13cm

　　敞口，弧腹壁，环底。内口沿饰凹弦纹，盘内心饰一朵盛开的莲花，系当时流行的图案，是南朝佛教盛行的反映。全器罩以匀净的青釉，纹样清晰优美。釉汁肥润，呈米黄色，釉面开冰裂碎片纹，显得极其古朴典雅。

南朝 洪州窑 青瓷分格盘
高 3cm 口径 16cm

　　子母口，弧腹壁，平底。内盘分成九格。炒米黄釉，胎质细腻，呈黄白色，造型稳重规整，为南朝常见的冥器。

南朝 洪州窑 青瓷三足炉
高 8cm 口径 11cm

　　为杯形，敛口深腹，口沿有一柄，底部喇叭形三足，釉呈青黄色，釉汁极尽莹亮润滑，与胎结合紧密，开冰裂碎片，造型小巧秀丽。

南朝 青瓷玉壶春瓶
高 25cm 口径 7cm

　　侈口外卷，细颈，圆腹，圈足底无釉，瓶体满釉，釉色一流，釉为青黄色，聚集处显玻璃质，侧视有点点温润的金光闪烁。此瓶完美无缺，不仅器形体态端庄优美、线条流畅，而且周身刻划有莲瓣纹，更显出亭亭玉立高雅之态。经专家鉴定，此瓶为典型南朝南方青瓷。

南朝 青瓷兽足辟雍砚
高 4cm
直径 18cm
中环直径 16cm

　　20 兽足紧依，砚面为圆拱形，砚中心起拱处与砚壁同高，四周斜坡成槽可以蓄墨，故称为"辟雍砚"。

南朝 洪州窑 青瓷罐 青瓷小香炉

　　左图为青瓷罐,口径6cm,右图
青瓷小香炉, 口径4cm。

南朝 洪州窑 青瓷油灯 青瓷水盂

　　左图青瓷油灯,口径6cm,右图青
瓷水盂,口径4cm。

南朝 洪州窑 青瓷八系盘口壶 高36cm 口径14cm

　　洗口，丰肩，平底。颈向下外侈。肩置桥形系。灰胎坚实。通体施青黄釉，聚釉处呈玻璃质，开均匀小纹片。此器造型优美华贵，是一件不可多得的南朝青瓷佳作。

南朝 洪州窑 青瓷高柄鸡首壶
高 32cm 口径 11cm 底径 14cm

　　盘口，长颈，溜肩，长腹向下渐收，平底。腹一侧设高冠鸡首，另一侧装高执柄，肩饰对称桥系。通体施青黄釉，釉质肥润均匀，无一丝剥釉现象，器形硕大、饱满，是已见六朝青瓷鸡首壶中较大器物。整个鸡首壶造型规整、线条流畅，优美挺拔，是六朝洪州窑青瓷鸡首壶中稀有珍品。

南朝 青瓷羽人立俑博山炉 高21cm

香炉式样之一，流行于汉晋六朝时期。秦汉时盛传东海有蓬莱等三座仙山，根据这一传说，将炉盖设计成山形，上有羽人、走兽、云纹等，像征莲蓬仙境。故称之为博山炉，有陶、瓷两种质地。图为一羽人立俑。莲花一侧开一半圆孔。施青釉，呈黄绿色玻璃质，器形挺拔，宛若琼海仙境。器形优雅别致，釉色晶莹剔透，无丝毫剥釉现象，此种羽人俑造型在六朝青瓷博山炉中为仅见，至为珍稀。

隋 青釉龙柄鸡首壶
高 29cm 口径 7cm 足径 12cm

盘口，圆唇、短颈、圆腹。壶颈、肩交界处一侧置一雄鸡首，另一侧设龙柄高出壶口。通体施淡青釉。

隋 青瓷莲瓣纹碗一对 高10cm 口径12cm

　　圆口饼足。内外施青黄釉。碗身印莲花瓣纹饰。反映了隋代崇尚佛教的生活习俗。

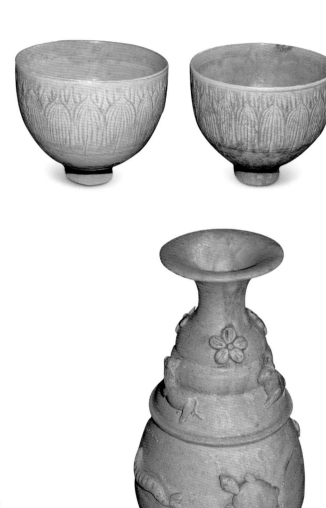

隋 青瓷动物塑瓶
高25cm 口径12cm 底径13cm

　　瓶通体施青黄釉，聚釉处显玻璃质，胎灰白坚致。喇叭口，外撇，胫部收缩，下腹部丰满。瓶身有四道旋纹，塑有鱼、蛇、鸟、虫及宝相花。器物线条流畅，造型优美，所塑动物富有美感。

隋 黄釉绿彩人面镇墓兽 高15cm

通体施黄釉，间施绿、褐釉。人面独角，颈后出戟，背竖鬃毛数撮，短尾、兽爪，面目狰狞，造型独特。

唐 洪洲窑 青瓷莲花瓣纹牛首杯(AB) 口径8cm 长15cm

青瓷杯以牛首造型，口呈外撇喇叭型，牛首双犄自然弯曲呈半弧型，刚健有力。牛双目刻划炯炯有神。整个器物，以满布莲花瓣为主纹饰—系唐代精雕细琢的那种金叶式莲花，而不类南北朝那类大片样式。釉为金黄色玻璃质地，釉色极为莹润，凝滑如脂，积釉厚处闪翡翠色，整器造型比例准确，流线优美，刻划细腻灵动，具有大唐与中亚结合的宫廷金银器皿艺术风格，极尽典雅华丽。观此器物风格、纹饰及造型，与珍藏于陕西历史博物馆的唐代镶金兽首玛瑙杯类同。据专家考证，此杯应为唐代洪洲窑产品，系专为进贡宫廷的仿金银器青瓷酒食饮具，是乞今发现的最早的青瓷兽首造型盏，至为罕见珍稀。

A

B

唐 洪州窑 青瓷七旋纺轮瓶
高 34cm 口径 14cm 底径 14cm

瓶为三层次，长颈喇叭口，圆形中腹，下部为台阶旋式底座，从底坐起算，布七层凸旋纹，造型端庄雄浑，流线优雅，有大唐风范。全瓶内外施青黄釉，釉汁晶莹剔透，如婴儿之肤，滋润可人。釉厚处见极美冰裂纹。经专家鉴定，此瓶系唐代佛事供器。此瓶器型在南方青瓷窑系中为首次发现。

唐 越窑 青瓷圆形盖盒
高 4cm
口径 11cm

盖盒造型精制，流线极美，内外满釉，釉呈青色，呈玻璃质感，莹润碧翠，匀净柔和，胎质细腻坚薄，富有质感，胎色灰白稍带淡黄，盒底呈上敛下撇，作"入"字形，并有三个支点垫烧痕迹。盖盒采用满工刻划缠枝牡丹，繁而不乱，线条细而有力，其釉色、划花之美，令人叹为观止。唯一遗憾是盒下部略有冲线。见此越窑青瓷实物，古人对越窑以"秘色"、"类玉"、"类冰"、"千峰翠色"的形容字赞美，更多了一份直接的感受。

唐 洪州窑 青瓷褐彩带盖瓜楞罐
高 15cm 口径 8cm

罐呈瓜状，盖无纽，刻划数道弦纹。罐肩部饰四绳纹纽系。器身刻划瓜楞纹。通身施褐彩釉，釉质莹润透澈，虽经千余年，光亮如新。整个器皿造型规整、线条流畅，属唐代洪州窑瓷精品佳作。

唐 洪州窑 青瓷鸟埙
高 4cm 孔径 1cm

青瓷埙作雁形，似小憩之姿，腹下有一吹孔，两侧各一调音小孔。最早的埙源于古代民族的狩猎工具石流星（一种球形飞弹），后来逐渐用陶土烧制而成，以模拟禽鸟鸣声，为作诱捕的工具，经过长期的演进发展，才成为古代的一种乐器。埙有陶制、石制和骨制等，以陶制为最普遍，形状亦有多种。青瓷雁埙不多见。

唐 洪州窑 青瓷兽足砚
口径 14cm

通体施褐釉。釉色匀均、明澈。砚足为兽足造型。

唐 洪州窑 青瓷仿金银器高足杯 高9cm 口径11cm 足径6cm

　　杯底至底足高3cm，底足呈外拱喇叭状，器足中空。整个高足杯具有大唐风范、圆润、饱满、线条优美，惜口部略有豆粒大小崩点。杯体除底足外，内外施青黄釉，隐隐约约有极美极雅的细小金丝般纹片。釉紧附胎体，历经千余年，无丝毫剥釉现象。观此杯，器形极为精致，且修胎讲究、规整、细腻，胎体坚致、轻薄，杯胎只有0.2cm厚，薄处不到0.1cm，几可与明、清御器碗盏厚薄相比，这在整个六朝至唐代青瓷器皿中是极为罕见的。

唐 长沙窑 彩绘鸟纹执壶
高23cm 口径12cm

　　米色黄胎，侈口，长颈，长圆瓜棱腹，足呈饼状，足沿凸旋纹一周，肩部装多棱形短流及扁带执柄，腹部有釉下彩绘花鸟纹，纹饰挥洒自如，天然成趣。

五代 白釉葫芦型壶 高 22cm

肩部一侧设流，一侧置绶带形柄，壶底有垫烧痕。胎体坚致。通体施白釉，釉质湿润洁白，聚釉处有虾青色。以葫芦为壶，造型别致，整体比例恰当，为五代白瓷器皿之佳作。

五代 越窑 青瓷四系盖罐
高 12cm 口径 7cm

敛口，圆腹，圈足外撇，口上附盖。胎质坚致厚重，通体施青釉，釉质莹澈。造型圆润，为五代越窑典型产品。

五代 越窑 瓜棱注子

高 22.8cm 口径 8cm 足径 10cm

　　质地坚实。釉色青翠莹润。喇叭口，长颈，瓜棱腹上鼓下敛，矮圈足。颈腹一侧附有弯曲的带状执手，另一侧肩部安有微微弯曲流口。造型浑厚雅致，为越窑青瓷器皿佳作。

五代 白釉点彩壶

高 14cm

口径 7cm

　　盖呈瓜纽形，壶体扁圆，短流，通体施白釉，釉虽薄而釉汁莹洁温润，积釉处现泪痕。釉下点有褐彩。胎坚致。整个器形线条流畅，造型别致，具有较强的观赏性。

五代 白釉花口盘 口径 15cm

施白釉，胎质坚致，器形优美。

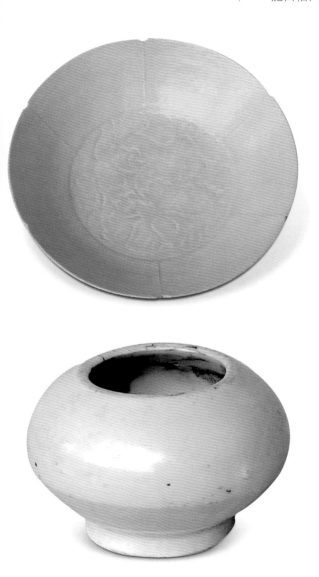

五代 邢窑 白釉水丞 高 4cm，口径 3.4cm

饼形底，胎质细白坚硬。里外满釉，无
化妆土，釉厚，釉质洁白滋润，给人以"类
雪类霜"之感。器型规整，为文人用品。

宋 定窑刻莲花纹"官"款碗（ABC） 高 5cm 口径 19cm

　　薄胎，敞口。胎白致密，釉薄莹润，侧光可见肉红色。有垂泪痕。芒口包银，矮薄圈足。碗外壁光素，有刷丝痕。内壁以双刀复线刻划两朵莲花，一开一闭，一正一反，刀工流畅，简洁有力。碗底圈足内刻有楷体"官"字款。为北宋定窑日用瓷的精美代表作品。

A

B

C

宋 定窑酱釉小梅瓶 高10cm 口径2cm 底径2.6cm

　　造型为平折沿小口、短颈，肩部以下渐收敛，圈足。釉色为酱红色（紫金釉），足端无釉，胎质坚致而细白。观之内壁加工极为精细光滑，外壁细察可见依稀轮旋刀痕，抚之有高低不平之感。在束颈聚釉处有金黄、浅绿油滴状色阶窑变，十分美丽。釉面以手抚之滑腻湿润如婴儿肌肤，尤为奇特的是在阳光下微微变换角度，有灿若星点的金光闪烁。该瓶胎体轻薄，洁白坚致，造型规整，流线优美，亭亭玉立，是一件百看不厌的佳作。

宋 仿定花卉纹碗 口径 14cm

胎坚釉肥，花口，碗壁刻划花卉萱草纹。系南宋时期景德镇仿北方定窑产品，俗称"南定"。

宋 仿定花口盘 口径 16cm

口呈六瓣花口型，光素，釉色莹洁。系宋代景德镇仿定窑作品。

宋 景德镇仿定花卉雁纹盘 高5cm 口径19cm

　　盘内凸印各类花卉，底心印一飞翔大雁，纹饰精美，布局合理。施白釉，釉质莹润。聚釉处有泪痕，开小片，侧视可见肉红色，这是定窑系产品的重要标志。此盘应为景德镇仿定的成功之作。

宋 磁州窑 四系瓶 高27cm

　　圆口，卷唇，长圆腹，平底内凹，底有釉，近口处附四扁带形系。施白釉至中腹部，并以酱釉绘弯形草叶纹，草草几笔，写意生动。为宋至金时期的典型器皿。

宋 郊坛下官窑洗 口径 12cm

施粉青釉，釉色莹润如
玉。黑胎，胎薄，胎呈″夹层
饼″状，底足修饰规整。应为
郊坛下官窑典型器物。

宋 耀州窑青釉刻花碗 高 5cm 口径 6cm

惜稍残。敞口，口沿稍外撇，斜壁，小圈足。碗内壁印缠枝菊，底心印一朵盛
开菊花；外壁周身刻菊瓣纹。所刻出的斜度刀法流畅明快。通体施青黄釉，呈姜黄
色，为宋代耀州窑典型器。

宋 同安窑珠光青瓷碗 高5cm 口径17cm

　　施青黄釉不及底。内刻简洁水波纹,为宋代福建同安窑产品。

宋 建窑 描金梅花黑釉盏 高4cm 口径15cm

　　施黑釉,盏内印16朵梅花,描金,惜已大部脱落,但对光仍可见盏内外釉中含有细小金片,闪闪发光。

宋　建窑描金黑盏　高 4cm　口径 12cm

通体施黑釉，盏内以金彩绘云纹。

宋　赣州窑黑釉鼓丁小香炉　高 5cm　口径 6cm

内外施黑釉，肩部凸塑鼓丁一圈，底部有三足支撑。炉底凸印一"彭"字款。此器古拙小巧，并有作坊姓氏，当为难得之物。

宋 赣州窑黑釉鬲式炉
高 8.7cm 口径 9cm

　　唇口外撇，炉颈以下成弧形，炉底立三足，胎质黑亮光泽，釉质深沉，薄釉处呈均匀的芝麻酱色。形体敦实，厚重，沉稳大气。

宋 赣州窑黑釉乳丁罐 高 12cm

　　敞口，圆唇平折，束颈鼓腹，器里施黑釉。外施黄釉。造型小巧别致，富有韵味。

宋 吉州窑兔毫盏 高5cm 口径10cm 足径4cm

　　盏施黑釉，釉色漆黑光润，表面密布金黄灰色兔毫状纹，口沿至足部有积釉如乳状。胎体致密，足底露胎，为南宋吉州窑产品。

宋 吉州窑酱釉木叶纹盏 高4cm 口径10cm

　　稍残。与常见吉州窑木叶盏不同之处，在于此盏釉色为酱釉，且胎质精细，制作极为规整，釉施至器足，釉质温润、清澈。一片金色小树叶置于盏底，意蕴深远。

　　通体施黑釉，呈结晶玳瑁斑窑变釉色泽，十分美
丽。

宋 吉州窑茶具一组

宋 吉州窑 虎斑釉三凤碗　口径 16cm 高 7cm

　　习见的吉州窑凤纹碗,属剪纸贴花类,其工艺过程是先将坯体施一次黑釉,然后将剪好的纸凤贴于盏内,再施第二次淡色釉,揭下剪纸图案后,由于两种釉的色调不同,呈现出黑色鸾凤及梅花的图案。凤碗有黑釉底和结晶釉二种,但无论哪种,剪凤均为黑色。此碗内有三只鸾凤首尾相衔,长羽拖弋,碗心一朵梅花,碗壁满布金黄色窑变虎斑结晶,厚若凝脂。尤为奇特的是该碗三凤与梅花不是通常的黑色,而是金黄色,故称"金凤"。此类品种,较为少见。

宋 吉州窑木叶纹碗 高 5cm 口径 15cm

　　木叶纹装饰是宋代吉州窑独创。它是用经过特殊处理的天然树叶作纹样,直接贴于瓷胎上敷烧成的。有半叶、一叶,也有二、三叶相叠成纹。经制作者的匠心安排,无不自然质朴,形象生动。此碗为伞形,口径较大,惜叶茎脉不甚清晰,仍不失其艺术价值。

宋 吉州窑褐彩"满天星"盏 高 4cm 口径 10cm

此盏在窑变釉上,任意挥洒点染褐彩,形成无规则星点彩状,俗称"满天星",亦称蝌蚪纹,给人以视角上的极大艺术美感,亦反映了宋代吉州窑工匠独具匠心的智慧。

宋 吉州窑凤纹碗 高 6cm 口径 16cm

敞口,斜壁,小圈足。通体施黄褐色斑纹釉。碗壁内用剪纸印凤纹图,并刻有梅花点缀其间,双凤与梅花相映成趣,极具装饰性效果。

宋 吉州窑贴花梅纹盏 高6cm 口径11cm 底径3.2cm

　　贴花装饰，是吉州窑纹样装饰的特点。此盏在兔毫花釉上，贴印数朵梅纹，独具特色。

宋 吉州窑黑釉盏 口径12cm

　　盏口外撇，呈伞型，小圈足，通体施透亮黑釉，简洁拙朴。

宋 吉州窑剪纸贴花盏 口径 12cm

　　黑釉，内壁以剪纸贴装饰，有"金玉满堂"文字。反映了吉州窑高超的民间工艺。

宋 吉州窑月影梅花盏 高 5cm 口径 10cm

　　盏通体施黑釉，足无釉。盏内以褐彩绘月影梅花，图案挥洒自然，系吉州窑典型器。

宋　吉州窑鹧鸪斑盏
高 3.9cm
口径 10cm

　　鹧鸪斑纹盏是吉
州窑天目瓷中的珍品。
此盏釉色厚而润泽，
釉质呈变幻莫测的结
晶体，形成如鹧鸪羽
毛状的色彩，令人赏
心悦目。器物胎体呈
金黄色，施釉至底，底
足修胎规整，系吉州
永和窑之产品。

宋 吉州窑木叶纹盏 口径 12cm

宋 吉州窑黑釉盏 口径10cm

宋 吉州窑 虎斑釉剔花瓶 残高25cm 底径7 cm

　　剔花是宋代吉州窑装饰的另一重要手法。其工艺是在坯胎半干时,以尖竹类器具在器物胎壁上剔出图案,然后上釉,烧成后图案有立体效果,代表作有现藏江西省博物馆的黑釉剔花瓶.此瓶口略残,腹壁剔有一枝梅花,梅杆斜出,花蕾绽放,刀法自然流畅,极富动感.此瓶与习见的剔花器物所不同者不是黑地,而是窑变虎斑,黑釉与虎斑融为一体,显得深沉古奥,充满艺术魅力.据长年从事吉州窑研究的专家称,未见过第二件虎斑剔花的实物,因而此物虽残犹珍。

宋 吉州窑 虎斑釉执壶 高25cm 底径7cm

　　壶身为倒梨型,又似胡芦,有盖。壶咀与把有小修。壶壶流由腹中伸出,流口与壶口平,中有桥系承接。壶把上端与壶口亦平。底足无釉,灰白偏黄,粘有窑渣,胎质坚致。此壶全身遍布虎斑,结晶灿烂,令人叹为观止。

宋 吉州窑影青剔梅花罐 高6.5cm 口径6.3cm 底径5cm

　　盖作荷花型，直径7.5cm鼓腹，圈足极矮。胎骨较松脆。器表施米黄色釉，不及底。腹部一侧刻折枝梅花，生气盎然，刀法洗练，简洁有力。

宋 吉州窑虎斑釉瓶 高14cm

　　直口，鼓腹。施黑釉窑变虎斑纹。

宋 吉州窑 彩绘开光萱草纹罐 高9.5cm 口径7cm 底径7.5cm

　　直口。罐身两侧开光，以褐彩绘萱草纹，其余绘水波纹，纹饰疏朗洒脱，充满灵动感。胎质灰白坚致，反映了吉州窑彩绘工艺的较高水平。

宋 吉州窑黑釉彩绘罐 高6cm 口径12cm

　　广口，鼓腹，底无釉。造型古拙、大气。通体施黑釉。罐身随意以褐彩涂染似龙似云条状彩带，亦如夜空一道金色闪电，充满艺术魅力。

宋 吉州窑彩绘小罐2件

　　左图为小钵状，绘云气纹饰；右图为直筒形，以褐彩绘卷草纹。两器物纹饰极为挥洒、生动，随心所欲，于不经意处显出高超的工艺水平。

宋 吉州窑瓷塑玩具 长8cm

造型为一立雁塑品，整体造型准确、生动，白釉，胎质坚致。

宋 景德镇湖田窑青白瓷盏托
高9cm

釉色青嫩莹润。

宋 青白瓷瓜楞执壶 高26cm 口径7cm

　　施青白釉,胎质洁白细腻。喇叭形口,瓜棱腹,一侧置长流,一侧置把柄。器形优美。

宋 湖田窑 影青动物纹玉壶春瓶(残) 残高20cm 底径8.5cm

　　通体施青白釉,釉色莹润。胎体坚致。器体口已残,颈以下呈葫芦型,腹部饱满。全器纹饰分为四层,主体部分纹饰占全器一半,以凸印雕塑狮、马、猴、鹿、羊、龟、鹤、兔、雁、蜂等10余种动物,间有灵芝仙草于其中,动物各自灵动顾盼、奔走嬉戏,生气盎然。图中动物有一雄狮戏舞绣球,绣球中隐约可见刻有文字,惜模糊难辩。其余三层,均凸印蕉叶、席草卷纹等图案。观此器物,一是瓶体硕大,二是整器绘图繁而不乱,层次分明,尤一瓶通体凸印如此众多吉祥动物,且栩栩如生,均为景德镇影青瓷器皿罕见,表现了古代艺人高超的技艺和审美情趣,此器虽残犹珍。

宋 青白瓷带盖龙虎魂瓶 高42cm

为习见南方随葬器皿。

宋　湖田窑　影青三婴戏纹碗　口径 21cm

　　施青白釉，胎质洁白坚致。碗内刻划婴戏花卉，纹沛简洁流畅，极富动感。影青碗中一般为二婴戏，三婴戏纹饰极少见。

宋　湖田窑　影青花卉斗笠形盏　口径 15cm

　　呈斗笠型，釉肥胎坚，晶莹剔透，盏内以极简洁刀法刻绘花卉，为湖田窑精美之作。

宋 湖田窑 影青婴戏小盏 口径 12cm

略残。釉莹润,胎坚致。呈斗笠型,内刻三婴戏图,较少见。

宋 湖田窑 景德镇窑影青三鸟纹碗 高 4cm 口径 18.5cm 底径 5.5cm

芒口,胎薄,撇口,浅腹,浅圈足,修胎规整。施青白釉,略显黄色。碗内壁凸印数朵盛开牡丹,花中有三只喜鹤,碗底一,对称各一,姿态各异,灵动有趣。形成喜鹊闹牡丹图。纹饰精美,繁密富丽,印花采用定窑工艺,十分精致生动。为景德镇影青罕见之佳作。北宋末年战乱,定窑关闭,一部分艺匠南迁至景德镇,使景德镇仿定模印压花法得以发展,此碗应为一例。

宋 影青双凤纹印花碗 高5.6cm 口径17cm

　　撇口，浅腹，浅圈足。内壁有展翅飞翔的双凤，边沿和底部为回纹、缠枝莲，纹饰清晰，整齐对称。内外施薄釉，釉偏白。胎薄，芒口。此碗布局严谨，繁而不乱，反映了宋代制瓷的艺术水平。

宋 湖田窑 青白瓷刻双凤纹斗笠碗 高5cm 口径16cm

　　口呈斗笠型，小圈足。碗内刻双凤花卉，刀法流畅自然。釉质晶莹剔透，胎薄坚致。为景德镇湖田窑难得佳品。

宋 青白瓷刻鸟纹碗 口径 15cm

　　施淡青釉,碗内底以极简洁手法刻划一鹭鸶鸟, 流畅写意, 耐人寻味。

宋 湖田窑 婴戏莲纹刻花碗 高 7cm 口径 20cm

　　敞口深腹, 矮圈足。釉色晶莹碧透, 色美若玉。积釉处带湖水青色, 釉面光泽度强, 釉层透明度高。碗壁内刻有对称娃娃莲花图, 线条简洁流畅, 形态生动有趣。露胎处有铁锈斑, 为湖田窑代表作。

宋 湖田窑 影青团凤纹碗 口径 16cm

　　湖田窑。瓷质晶莹剔透，以变形手法绘团凤纹。

宋 湖田窑 影青婴戏纹碗 口径 19cm

　　瓷质洁白坚致，釉水莹润呈湖蓝色，光茂至美，是湖田窑影青中的精品之作。

宋 湖田窑 影青花卉斗笠形盏 口径 15cm

呈伞型，釉肥胎坚，晶莹剔透，盏内以极简洁刀法刻绘花卉。

宋 湖田窑 青白釉瓜楞盖罐 高 9cm 口径 5.5cm

釉纯而光亮，色泽温润，呈湖蓝色。南宋瓷器风行仿植物造型。此罐仿甜瓜状，罐盖上用剔花来表现瓜藤茎叶，饶有意味。瓜棱罐造型一般肥矮，此罐修长，规整，精致，釉水一流，非一般瓜棱罐可比，为典型湖田窑的精品之作。

宋　青白瓷刻花玉壶春瓶　高 36cm　口径 12cm　底径 14cm

腹身满工刻划缠枝花卉，繁而不乱。整器造型规整，线条流畅优美，为宋代青白瓷中之精品。

宋 影青宝珠纽瓜楞壶
高 26cm 底径 12cm

壶盖呈宝珠纽形，壶体刻有数道瓜棱。施青黄釉。壶体器形优美，线条流畅。

宋 青白瓷瓜棱形执壶
高 21.5cm
口径 3.5cm
底径 7cm

盖为八角形筒式，钮似花形，盖壁有孔以穿绳系身，盖与壶身以子母口相合。壶呈八角形高颈，斜肩，瓜棱形腹，八棱状浅足。肩一侧置有弯曲管状长流，另一侧置缓带柄，腹由8条突棱将其分成8面。通体施青白釉，釉润而亮。底有垫烧痕。器形隽美，制作精致。

宋 影青花卉碗 口径 16cm

　　花口，外壁光素，内刻花卉，胎坚致。

宋 青白瓷刻花鱼纹碗 高 6.5cm 口径 16cm

　　釉色白中偏青，质地细腻，光泽柔和如翠玉，刻划花鱼更是形态生动、疏落有致，堪称宋代青白瓷中的佳制。

宋 青白釉双鱼盘 口径12cm

　　刻双鱼,碗内印"如玉"款。宋代影青瓷印有文字的较少见。

宋 青白釉双鱼盘 口径12cm

　　刻双鱼形如左图,但无文字。

宋 青白瓷刻花莲纹长颈瓶
高18cm 口径4cm 底径6cm

　　侈口,长颈,底足外撇。通体施青白釉,釉面莹润。瓶体有数道弦纹装饰,周身刻有莲花、水波等纹饰,亭亭玉立,大有清水出芙蓉的意蕴。

宋 龙泉窑粉青釉莲瓣碗 高6.5cm 口径16cm 足径4.3cm

　　胎质灰白、细洁，碗内光素无纹，外壁刻仰莲瓣纹。通体施粉青釉，釉肥莹润、失透。品相完美无缺，系龙泉窑佳器。

宋 龙泉窑茶盏 高4cm 口径11.5cm

　　斗笠型。此盏胎质坚硬，釉色纯正，盏足有一圈深浅不一的火石窑红。龙泉窑多有碗、盘、洗之类，斗笠造型茶盏稀有。

宋 龙泉青瓷碗 口径17cm

　　釉质莹润，呈粉青色，为宋龙泉窑精品。

宋 龙泉窑梅子青釉莲瓣碗 高6cm 口径17cm 足径4.5cm

　　碗内光素无纹，外壁刻印莲瓣纹。梅子青釉，釉汁肥腴，莹润如玉。口沿成紫口釉聚，铁黑胎，足际施褐色护胎汁。器形规整，釉质及釉色均可与官窑青釉器媲美，为典型龙泉仿官器物。

宋 龙泉窑黄釉碗 口径 18cm

通体施黄釉，釉质莹润。

宋 龙泉窑刻双鱼纹碗 高 7.2cm 口径 16cm 底径 4.8cm

小撇口，深腹，圈足。通体施青釉，莹澈柔和，温润若婴儿肌肤。器外浅刻有莲瓣纹，内壁刻篦纹花卉、水藻、鱼纹。双鱼在碗底游弋，极富动感。此器无论釉水和纹饰，均为北宋龙泉窑之佳品。

宋 龙泉青瓷大碗 口径22cm

灰青釉，釉汁光润。碗外壁刻划莲瓣纹。龙泉碗一般口径16cm左右，超过20cm的较少见。

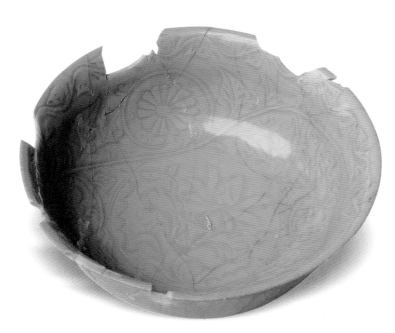

宋 龙泉窑青釉刻花海碗 口径21cm

碗内满工刻绘花卉，惜残。

宋 龙泉窑青瓷弦纹瓶 高 19cm 口径 5cm

紫口铁足, 釉汁肥润. 系龙泉窑仿官釉作品.

宋 龙泉窑青釉带盖瓶 高 29cm 口径 9cm

盘口, 盖为盔式, 瓶为洗口, 长颈丰肩, 鼓圆腹. 肩部饰一道凹弦纹, 器身刻有花卉. 通体施青釉, 釉质莹澈. 纹饰线条流畅, 优美大方, 为早期龙泉窑佳作.

宋 龙泉窑粉青釉渣斗形水盂 高3.8cm 口径4.4cm 足径2.5cm

以渣斗为型制，通体施天青釉。器形规整、线条优美。胎薄细致，圈足修胎精致且细薄，口聚釉处显紫色，足底露胎处呈深褐色。其釉肥厚，富有质感，有乳浊状，釉面莹润，开白黄纹片。整体观之，此器似湖水般清澈透亮，具有"雨过天青"之感，虽小犹珍。

宋 龙泉窑粉青釉水注
高5cm
口径2.2cm

凹圆口，圆腹，腹部一侧有短管状流，另一侧有扁带柄，壶身光素无纹，圈足。整体器物线条流畅、自然、古朴、大方。通体内外施粉青釉，釉面莹澈柔和，温润似玉。

宋 龙泉窑粉青釉洗 高4.1cm 口径12cm 底径5.6cm

直口有沿，斜浅腹，圈足。胎浅灰色，坚硬细洁。素身无纹。通体施粉青釉，釉质柔和温润。造型规整，朴实大方，为文房用器。

宋 龙泉窑青釉双鱼折沿洗 高4.5cm 口径13cm 足径6cm

　　折沿，圈足。通体满釉，有细微开片。釉呈天青色。洗的内心贴印凸起的双鱼，鱼头同向。外刻莲瓣纹，纹饰饱满清晰，富有立体感。足端露灰白胎，足际火石红浓重。

宋 青釉刻花龙泉洗 口径16cm

　　釉汁肥厚、温润似玉。内刻划水草纹饰。

宋 龙泉窑青釉瓜楞壶 高 13cm 口径 5cm 底径 6cm

　　盖为宝珠顶形，盖镂空并刻有竖条棱纹，壶身呈瓜棱状，周身有刻划装饰，肩部一侧饰壶柄，一侧饰流口，惜流口略残。底有垫烧痕，呈火石红色。施青釉、无开片。全器造型优美，小巧玲珑，尤壶盖透镂，工艺奇特，为龙泉壶中佳品。

宋 龙泉窑青釉弦纹炉 高 7.1cm 口径 12cm

　　口沿内折，形体呈上粗下细之筒状，底部折纹成圈足，并于胫部又设三足，呈悬空状。腹部饰以凸棱瓦纹，纹饰装饰简约明晰。通体粉青色，釉面莹润，无纹片。圈足有火石红，过渡自然。此炉做工精美，造型别致。

元 龙泉青瓷大盘 口径 34cm

通体施粉青釉，胎厚重坚致，底足以垫饼托烧，有火石红，过渡自然。

元 卵白釉双系壶 高 9.7cm 口径 6.5cm 底径 7.4cm

施卵白釉，底足无釉，唇口，无盖，肩部对应塑穿绳纽，壶体一侧置弯曲壶柄，一侧设流注，壶腹呈瓜形状。造型简朴大方，系南宋向元过渡型制。

元 景德镇窑 青白釉对弈枕 长17cm 高9cm

　　胎骨呈灰白色。釉面匀序，白中闪青绿色。枕为雕塑的亭台造型。亭台两面开门，顶盖两端上翘形成如意云头形枕面，下为圆形底座。亭台内两老者席地相对而坐，中间置一棋盘，盘上置棋子。两人正聚精会神对弈。

元 卵白釉碗 口径16cm

　　釉呈鸭蛋青色，失透，碗内壁印缠枝花纹。

元 青花葫芦小瓶（一对） 高 6cm 口径 1.5cm

　　底无釉，瓶身有明显接胎痕，釉为卵白釉，呈鸭蛋青色，瓶身以青花极简洁笔法绘一菊花，寥寥数笔，一气呵成，极富动感。仿若在洁白的天空下，一朵青翠灵动的小菊花随风摇曳。这种简略之美，体现了先人崇尚自然的朴拙心态。

元　青花劝盘　残　口径 16cm

　　胎质坚致，青花纹饰洒脱自然。

元　青花龙纹高足杯　残　高 14cm　口径 12cm

南
昌
子
楠
楼
藏
瓷

元　青花龙纹高足杯　高 12cm　口径 10cm

　　撇口，浅腹，竹节状高足。外壁以进口与国产料混合青花绘飞龙绕器一周。龙 3 爪，细颈纤身，披鳞，张口，长发，形态凶猛，极具元代龙纹特征。

元 青花内印八宝纹高足杯　高 12cm　口径 10cm

　　侈口圆唇，弧壁，下承直筒高足。杯外壁以进口料绘莲瓣纹，青花深沉湛蓝，有黑疵斑；内壁模印"八宝"图案，胎质细洁坚薄，透光反映出手指之影。通体施青白亮釉，釉质莹润似玉。此器造型优美，纹饰精美绝伦，堪称元青花高足杯中精品。

元　青花高足杯　残高 13cm

　　釉青白，青花所用为进口料。

元 青花高足杯残片

杯外壁饰飞龙，
内壁暗刻缠枝纹。

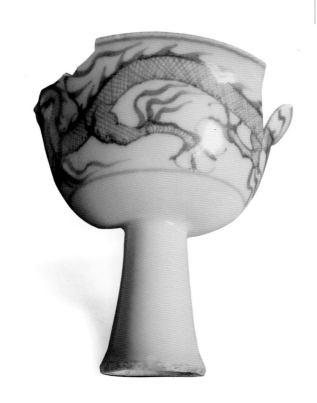

元 青花大盘残片

元 内印龙纹青花碗（ABC） 高5.6cm 口径12cm

　　口外撇，足端露胎，有乳凸。通体施影青釉，釉质清丽透澈，胎细薄坚致。内外以进口料绘缠枝、灵云纹，挥洒自如；内壁凸印二条飞龙。此碗经刘新园先生鉴定，认为无论从其造型、胎釉、纹饰以及青花呈色，均有元至正型风格，当为元代青花中之逸品。

A

B

C

元末至明初 青花水注 高 8cm

器身以青花简洁写意手法绘就一花卉，简约朴实，通体施青白釉。造型小巧古拙。

元 蓝釉玉壶春瓶 残高 19.4 cm 腹径 14.2 cm

　　瓶腹上瘦下丰硕呈下垂状，流线优美，造型丰满，胎薄釉肥，全器施钴蓝釉，其釉深沉莹润，蓝微闪紫，宛若宝石，精光内敛。器内及底施白釉，底足有火石红及少量铁锈斑痕。

元末明初 景德镇红绿彩小盅（一对） 口径 7.6cm 高 3.5cm

　　底色白釉，胎洁白坚致，底部有乳突状.画面以红、绿彩绘花草纹，纹饰极为简略、疏朗，超凡脱俗，除花草纹外，并绘有四圆圈，内草写八思巴文。综观此对器物用色、釉及胎和造型，可断为元末至明初之物。

元 枢府釉印花双耳瓶 高 18cm 口径 4cm

　　直口，有唇边，细长颈，溜肩，鼓圆腹，圈足。长颈两侧贴对称的 S 型耳，器腹有凹起缠枝花，瓶体外施釉莹润，底足露灰胎，胎体坚实。造型端庄朴实，曲线优美。

元 卵白釉贴梅花双耳瓶 高 12cm 口径 3cm 底径 5cm

　　圈足外撇。长颈，腹至底部呈天球形，肩部塑方形双耳，器身凸塑一枝带杆梅花。施卵白釉，釉质厚，失透，呈鸭蛋青质，莹润如玉，侧光现肉红色。造型规整，优美雅致。

元 卵白釉"枢府"印花盘 高 3.7cm 口径 13cm 足径 4cm

圈足微撇，底心有突乳。釉呈失透状，外壁无纹。盘内模印凸起缠枝莲花卉对应分别印楷体"枢"、"府"阳文字铭，款识书法活泼有力。

元 卵白釉印云龙纹高足碗 高 10cm 口径 11cm

竹节形柄，呈端为两边斜削中间略平式。足内中空，顶端有疙瘩状突乳。色呈鸭蛋青，釉汁肥润失透。器外光素无纹，碗内中心部位印朵梅花，碗壁上凸印四爪行龙两条，龙纹在不甚透彻的釉层掩映下若隐若现，含蓄隽永。

元 卵白釉"福禄"款印花云雁纹碗 高 3.8cm 口径 19cm

　　此碗胎质洁白细腻，胎底抚之若绸缎般舒柔，釉汁莹润，如羊脂美玉，碗内凸印花卉、云雁，双雁在云空中忽隐忽现穿行，花卉中印有"福禄"字款。碗外壁刻有精美的莲花瓣图案，这在枢府器中至为罕见，据故宫博物院叶佩兰《元代瓷器》一书载，碗外壁刻图案的枢府碗仅见一品，现藏日本博物馆。此碗胎、釉均精美，堪称枢府器中稀品。

元 卵白釉"金玉满堂"款碗 高 4cm 口径 16cm

　　撇口，弧壁，小圈足。施卵白釉，白中泛青。外壁光素，内壁凸印缠枝花数朵。花丛中依稀可见凸印有"金玉满堂"款。枢府瓷中习见"枢府"、"太禧"、"福禄"、"东卫"等款，"金玉满堂"为仅见。

元 卵白釉"福禄"铭盘 高4cm 口径16.3cm 足径5cm

　　敛口，弧形壁，圈足微撇。通身施鹅卵釉色，釉汁厚实，滋润，呈失透状。足较小，壁墙厚。外壁无纹，盘内印凸起的花卉纹、内壁缠枝纹间的对应部位，分别印"福"、"禄"阳文字铭。器物规整，完美无缺，釉色极佳，为枢府瓷中精品。

元 卵白釉龙纹大碗 高7cm 口径21cm

　　此碗釉质肥厚、滋润，呈肉红色，内壁刻两条飞龙。卵白釉碗一般口径不超过16cm，如此之大口径卵白釉碗，较为罕见。

明洪武 青花花鸟纹盘 口径 14cm

　　施亮青釉。内底有火石红涩圈。外壁光素，内壁以青花简洁笔触勾勒一鸟及几片花叶，具有灵动感。

明永乐 甜白碗 口径 14cm

　　几近脱胎，侧光可透见指罗纹，釉洁白温润，碗内印有缠枝花卉。

明永乐 甜白青花瓜果纹碗
高 7cm
口径 14cm

　　碗口外撇，口沿裹紫金釉。内口沿以进口青料绘边饰，碗底瓜果缠枝纹饰，青花发色浓艳，聚釉处下凹，呈铁锈斑。碗内壁凸印一圈缠枝花卉。器物釉质肥润，白如糖汁，抚之若丝绸般温润，透光呈肉红色，胎极薄，近似脱胎，对光照可见手指罗纹，有"指不忍弹"之感。

明 青花竹纹壶
高 8cm
口径 4cm
底径 7cm

　　通体施洁白细腻的青白釉，温润如玉。壶身塑数道瓜楞竖纹，配以清丽温雅的竹叶纹饰，显得高贵华丽。壶虽小，造型规整，线条流畅，玲珑剔透，当为文人雅士把玩的精美之器。

明正统至景泰 青花马上人物高足杯 高 9.7cm 口径 8.5cm 底径 4.2cm

　　敞口，折腹，竹节式高足。饰釉白中微闪青色。内壁口沿绘有草叶纹，高足上绘有蕉叶。外壁以写意形式用青料绘制两组人物装饰图案，一为行进中的骑马人物，马前绘有虬曲松树；另一组为一人低首而立，图意应为古代家喻户晓的信义故事"季札挂剑"。

明宣德纪年青瓷罐

高 16cm

口径 7cm

　　罐呈甜瓜型，有盖。灰胎，坚硬。通体内外施青绿釉，不及底，釉质类冰，清澈莹润。罐身刻有"宣德七年口口二月初六日建造"，"天（运）日"等字样，并绘有太阳和火等象形图案。综合由罐身图文和器物造型，应为南方为建仓盖房或祈福而设置的器皿。

明 青花葡萄藤纹梅瓶（一对） 高18cm 口径5cm 底径8cm

侈口，短颈，丰肩下溜，底外撇。呈"S"形，如亭亭玉立之少女。通体施卵白釉，呈失透鸭蛋清质，釉质温润光洁。以青花料绘以葡萄藤纹饰，画风简洁明快、疏朗，胎质坚致细腻，釉不及底，露胎底抚之润滑有绸缎感。有明初青花时代特征。

明成化 斗彩灵芝团花杯 口径7.2cm

底书"大明成化年制"款。外壁以上下对称的变形草，分割成四个相联的水路，寓于变化的圆形空间，其间绘灵芝、芝草，作团花式，构图新颖别致，寓意长寿和壮志凌云之吉祥意，故又被称为凌云杯。

明成化 仿官青釉觚
高 15.2cm 口径 6.6cm

长颈喇叭口，鼓腹，足呈八字撇，腹与底部作四齿状脊。底书"大明成化年制"六字方款。此器釉汁莹厚，色青似玉，釉面开纹片，足底露胎处为"铁足"，为明代成化御窑仿宋官窑器。

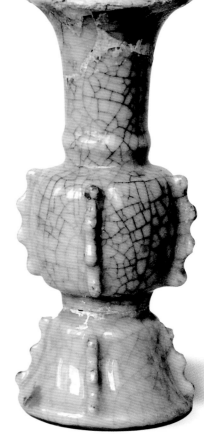

明成化 斗彩落花流水杯(漏彩)
口径 5.7cm

直口，矮壁弧浅，卧足。外壁绘荷花流水纹，水浪间均布五只小花朵。口沿边绘流云石榴纹饰。口及足部各绘青线一道。底书青花双框"大明成化年制"六字款。

明弘治 娇黄釉碗 高6cm 口径18cm

通体施黄釉，娇嫩似蛋黄。底双圈书"大明弘治年制"款。

明弘治 青花人物香炉 高13cm 口径18cm

直筒，口径略宽于底径，足为蛙形。炉口沿下青花绘龟背锦，龟背锦之间为开光，内绘梵文，腹部主题纹饰为"携琴访友图"与"拜月图"，画面极为简洁明快，疏疏几笔点到为止，人物山石半具象半抽象，形成奇异的艺术效果，这种简洁朴实的美是任何官窑青花瓷所难以达到的。细观此炉，色稍偏青灰，胎质十分坚致细腻，修胎亦很讲究，为明弘治民窑精品。

明 青花花鸟纹高足杯 高14cm 口径7cm

明 青花缠枝莲盖罐一对 高16cm 口径7cm

　　盖为宝珠纽形。平底涩胎，质白细润。青花纹饰以一笔点画绘制，用笔酣畅流利。肩部饰倒置莲瓣纹，胫部绘涡纹（一件为如意纹），胫部遗有明显的指印痕。

明 青花带盖梅瓶（一对） 高 27cm 口径 6cm 底径 12cm

　　宝珠盔甲形盖。侈口，丰肩腹内收，底外撇。足直墙，底足无釉。盖、瓶体满工青花绘饰宝相花、缠枝及勾云纹，纹饰洒脱流畅。此对梅瓶完整无缺，且青花发色浓艳，器形规整，为明中期同类器物中精品之作。

明 冬青釉香炉 高 11cm 口径 14cm

　　直筒，厚唇，施冬青釉，釉色温润。炉身刻划大叶牡丹纹。

明正德"大明正德年制"款红绿彩盘 口径 18cm

　　胎质莹润、坚致，器形规整。白釉底，内外以红绿彩绘龙纹，惜已脱色。底以红款书"大明正德年制"。

明正德 蓝釉尊（上部残缺）残高 26cm

　　施蓝釉，色泽如宝石，沉穆温润。胎质坚致厚重，器型工整、饱满。

明嘉靖　五彩人物盘　口径19cm

　　盘内外以红、黄、绿为主色调绘制人物、树木花草及龙纹。底有双圈"大明嘉靖年制"楷款。

明　青花开光花鸟纹盘　口径19cm

为出口青花瓷，又称"克拉克"瓷。

南昌子楠楼藏瓷

明 石湾窑"雨淋墙"带系扁壶

高 27cm

口径 9cm

　　圆口短颈,壶体扁圆形,腹面略平,圆形圈足,足际有凹沟,周边有四系,用以穿带绳结,壶为陶胎,胎骨暗灰。壶体流线优美,造型有北方游牧民族特征。该壶施钧蓝釉,釉厚而温润,壶身两面刻画有内外两圈精美的宝相花图案,图案与釉色相衬,斑驳灿烂,十分美丽。此壶施釉采用传统的"广钧"工艺,即在蓝釉上淋洒葱根白色的雨点状斑纹釉色,形成极为奇特、翠毛般的"雨淋墙"效果。此带系扁壶系明石湾窑钧蓝釉作品,亦称"翠毛蓝",存世甚稀。

明万历　青花兽耳小香炉

口径 6cm

　　绘五爪龙纹,青花发色纯正,底有"大明万历年制"款。

明 万历 红绿彩双狮滚绣球罐
高 19cm 口径 9cm

　　彩绘有红、绿、黄三色，以枣红色为主体，图面为双狮滚绣球，从红绿对比极强烈及器型看，应为万历朝之器。釉上红绿彩瓷，采用了浓烈的红绿对比色彩，极具感染力。

晚明 红绿彩罐
高 19cm 口径 9cm

　　罐高与前器差不多，饰图亦为双狮滚球，但从造型滚圆、酱釉口，以及所绘狮纹法等综合判断，应为晚明器物。

明崇祯 青花蓆草纹尊　高38cm 口径14cm

　　广口，直颈。青花发色沉稳明快，胎质坚致淳厚。

清顺治 青花龙纹钵式炉　口径 18cm　高 9cm

　　酱釉口,钵式,绘云龙纹,为清早期习见香炉造型。

清康熙　青花山水人物三足炉
高 13cm　口径 16cm

　　炉体青花绘山水纹饰,意境深远。

清康熙　青花山水人物钵
高 16cm　径 19cm

　　全器以青花满工绘就一幅山水行舟图。主题是描绘江河两岸之状。两岸山峦重迭,古木苍翠,两岸所绘房舍、寺庙、人物及江中数尾小船,错落有致,极富动感。

清康熙 青花山水龙凤纹香炉
高 30cm

　　上部为长方形盆状，有边缘框，用以插香火。四面纹饰开光，绘博古图、斜格纹饰；中部为开光山水纹饰；底足上部一面为双凤穿云，一面是海水双龙，四足呈弧形外撇，绘有海水纹。器物呈鼎式，为康熙中期典型器物，瓷胎白且坚致，青花发色深蓝，略带晕散，画风疏朗细腻，尤中部主题纹山水树木用笔苍劲，写意性强，有陈老莲风格。

清康熙 黑地素三彩观音尊(AB) 残高52cm 足径21cm

侈口、丰肩, 肩以下弧线内收, 圈足放大, 足呈硬折角二层台式, 底足白釉上棕眼明显, 底有双圈指书"大清康熙年制"六字款。整个器物胎体细密洁净, 有典型"糯米胎"特征。器形挺拔优美, 线条流畅。满身纹饰以盛开梅花为主, 辅以松、竹、飞鸟, 色彩绚丽, 廓线有力。其彩水绿淡似湖水; 密蜡黄细腻薄平, 鹅黄色净匀润, 墨地釉面坚硬、光洁、晶亮, 侧视下的釉与彩可见五光十色的蛤蜊光, 同时在底足白地釉面上, 闪现着美丽似彩虹的光晕。无论是器形、胎、釉、彩、纹饰, 均系典型的康熙器物.此墨地三彩观音尊虽略有残缺, 但如此大件器物仍属稀贵难得。

A

B

清乾隆 青花缠枝莲子罐 高 17cm 口径 7.6cm

　　釉汁莹润亮泽，青花色调青蓝典雅，底有青花双圈。胎釉及工艺十分精良，器形规整。

清乾隆 青花釉里红松竹梅瓶 高45cm 口径26cm

清 青花博古图香炉
高 14cm 口径 18cm

　　宽沿，平折，周身以青花绘博古图。

清 青花海水云龙直筒香炉
高 31cm 口径 43cm

　　绘海水、云龙腾挪。飞龙长发披肩，双目凸露，五爪粗壮有力。青花发色蓝中闪灰，绘画极工整。

清 青花人物茶叶罐
高 15cm

　　四方形。四面绘八仙中四仙。青花发色纯正，胎质坚致。

清中期 粉彩花卉画缸 高 41cm 口径 45cm

口沿外撇。全器满工绘牡丹花卉及蝴蝶,画工精美,色彩绚丽,充满富贵之意。

清 五彩花鸟缸 高 38cm 口径 40cm

口沿平切外卷。以五彩绘以花鸟虫蝶。所绘鸟大肚肥实,有康熙风格。彩釉间侧视可见五彩斑斓蛤蜊光泽。

清 红釉赏瓶 高 36cm 口径 10cm

　　瓶胫饰弦纹，线条流畅优美，颜色纯正。系清红釉器精巧作品。

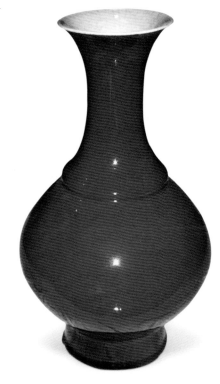

清 仿官釉太白坛

高 38cm 口径 16cm 底径 24cm

　　胎体坚致厚重，造型沉稳大方。

清 青花云龙纹筒瓶 高60cm 口径15cm

　　胎白坚致。瓶体两面开光绘花鸟，主题纹饰为云龙腾挪之态。飞龙披发飘动，呼之欲出。

清 黄釉"王炳荣制"款刻花笔筒 高17cm 口径9cm

　　黄釉。刻绘荷花。刀风细腻，底落"王炳荣制"款。

清 青花五彩龙纹器座 高28cm 底径26cm

绘蕉叶、飞龙火球。纹饰精美。

清 青花"渔人得利"图碗 高6cm 口径17cm

白胎坚致，构图饱满，青花发色深沉。

清光绪 墨地素三彩花鸟纹四方瓶 残高 42cm

全器以黑色为地子，四面分别绘有春、夏、秋、冬花卉、鸟虫。底款"大清康熙年制"，系晚清仿康熙之物。

清末 青花象耳人物瓶 高 36cm 口径 14cm

为清末仿明崇祯器型。

清末 浅绛彩松鹰图瓷板画 王琦款 长30cm 宽15cm

清 胭脂红釉小盅 口径 6cm

底书"大清雍正年制"。

**清末 浅绛彩人物盖罐
高 10cm 口径 24cm**

"詹顺太"款。

**民国 墨彩山水人物壶
高 12cm 口径 6cm**

图书在版编目(CIP)数据

南昌子楠楼藏瓷／高学训主编.
—武汉：湖北美术出版社，2005.9
（古玩与收藏丛书）
ISBN 7-5394-1762-5

Ⅰ.南...
Ⅱ.高...
Ⅲ.瓷器（考古）－中国－汉代～ 清代
Ⅳ.K876.3
中国版本图书馆 CIP 数据核字（2005）第 108305 号

南昌子楠楼藏瓷　　　©高学训　主编

出版发行 湖北美术出版社
地　　址：武汉市雄楚大街 268 号
电　　话：(027) 87679520　87679521　87679522
传　　真：(027) 87679523
邮政编码：430070
ｈｔｔｐ：www.hbapress.com.cn
Ｅ－ｍａｉｌ：fxg@hbapress.com.cn
印　　刷：深圳雅昌彩色印刷有限公司
开　　本：889 × 1194mm　1/32
印　　张：4.5
印　　数：5000 册
版　　次：2005 年 9 月第 1 版　2005 年 9 月第 1 次印刷
书　　号：ISBN 7-5394-1762-5/K · 66
定　　价：38.00 元